笑林广记选

（清）游戏主人 ◎ 编

名师批注　无障碍阅读　有声伴读　原创手绘

北方妇女儿童出版社

图书在版编目（CIP）数据

笑林广记选 / (清) 游戏主人著. -- 长春：北方妇
女儿童出版社, 2021.1
（悦享丛书）
ISBN 978-7-5585-4978-6

Ⅰ.①笑… Ⅱ.①游… Ⅲ.①笑话—作品集—中国—
古代 Ⅳ.①I276.8

中国版本图书馆CIP数据核字(2020)第261865号

笑林广记选
XIAOLINGUANGJI XUAN

出 版 人	师晓晖	
责任编辑	张晓峰	
装帧设计	旧雨出版	
开 本	787毫米×1092毫米	1/16
印 张	13	
字 数	400千字	
版 次	2021年1月第1版	
印 次	2023年1月第1次印刷	
印 刷	北京市兴怀印刷厂	
出 版	北方妇女儿童出版社	
发 行	北方妇女儿童出版社	
地 址	长春市福祉大路5788号	
电 话	总编办：0431-81629600	

定 价 39.80元

前 言
Preface

德国诗人歌德说过："读一本好书，就等于和一位高尚的人对话。"阅读中外文学名著，简直就是在和一位位文学大师对话。他们创作的名著，纵贯古今，横跨中外，大浪淘沙，沙里淘金，成为全人类共同的宝贵财富。

名著是历史的回音壁，是自然的旅行册。它可以拉近古今的距离：我们阅读名著可以探访在时间长河中和我们擦肩而过的人，看看他们怎样面对生活。它可以缩短地域间的距离：我们阅读名著便可足不出户而卧游千山万水，体察各地的风土人情。

名著是全人类智慧的结晶，那里面充满了智者的箴言。谁读了《论语》《老子》，不觉得是大师们站在人类思想的巅峰上，为我们播撒智慧的种子？我们阅读他们的书，就是站在巨人的肩膀上俯瞰世界。

名著是人类感情的储藏室，是传承文明的火炬手。它们展示着人类审视、确认、表现自身情感的过程，表现出一种摆脱生活的琐杂而趋向美与高尚的努力，其深厚的底蕴总是能够在我们的生活中唤起这种寓于诗意的情怀，因而具有永恒的魅力。

名著是真、善、美的化身，是人类生活中难得的一片净土。大师们在炼狱中心灵首先得到了净化，他们的作品无处不放射着高尚的光辉。在紧张而浮躁的社会中，我们的心灵有时会由于四处奔波而疲惫，由于过于好斗而阴暗，这时，阅读名著能使我们变得宁静而高尚，在阅读的过程中抚慰心灵的创痕，涤荡心灵的浮尘。

本套丛书有《红楼梦》《水浒传》等中国传统名著，还有《钢铁是怎样炼成的》《格林童话》等国外经典名著。可以带领学生领略中外人文差异，徜徉思想之海，探索文学奥秘。编者在编制本套丛书时，本着学生的认知层面和生活经验，对原著进行了全方位的解读。每一章节前加上了"精彩导读"，帮助学生获取本章的大致内容，提高总结能力；同时，在每一章的大量文段中选取了优美的词句，进行精彩解读，帮助学生理解作者的情感变化、写作手法等，提升学生的写作技巧；在章节后设置"精彩点拨"，总结中心思想，剖析艺术手法，加深学生的阅读印象；还设置有"阅读积累"，拓展学生的知识层面。

　　相信广大学子读完这套为他们精心打造的丛书后一定能开阔眼界，增加智慧，健全人格，铸就人生的新境界！

编　者

作者素描

游戏主人

中国自有史以来笑话书层出不穷，但集大成者当数《笑林广记》。《笑林广记》有多种刻本流传，但在历代刻本中，以清代乾隆四十六年（1781）署名游戏主人纂辑的刻本最受读者欢迎。此刻本内容齐全，语言凝练，且错误较少，易于校点。纂辑者游戏主人，其真实姓名历来不为所知，也有人说是游戏道人，但至今仍然是个解不开的谜团。对纂辑者游戏主人虽有各种不同的解释，但《笑林广记》不是一人一世的创作，而是集体总结、编辑加工的看法其意见还是趋于一致的。自《笑林广记》诞生以来，历经宋、元、明、清几代人的搜集、整理、加工，去粗取精，为广大劳动者共同创作，是劳动者智慧的结晶。

内容精讲

《笑林广记》是一部古代流传久远、影响深广的通俗笑话总集，内含一千多个笑话，是我国笑话宝库中的旷世奇宝，以其诙谐幽默、通俗易懂的风格来反映炎凉世态、情趣人生，是它最独到的特色。

《笑林广记》取材广泛，多取自明清笑话集，或编者自行撰稿。在形式上，多以短小精悍为主。全书意在嘲讽当时社会之各种病态世相，发泄作者对官场世相之种种愤懑之情。本书大部分作品抓住了生活中丑恶现象的本质，深入揭露，一针见血。刻画人物细致入微，多采用夸张手法，文字简练生动、语言犀利、结构精巧、风趣幽默，具有很强的艺术效果。编者对当时的社会生活中常见的贪淫、鄙吝、虚伪、昏昧、失言等现象，极尽所能嘲讽、挖苦、戏弄。在《笑林广记》中，世情笑话是数量最多的一类，这部分平民社会生活的"世情"，涵盖了世俗生活的各个方面——家庭生活、社会风貌、人情世故等，编辑者以其娴熟的表现手法，把夸张、幽默、滑稽、诙谐等元素糅合在一起，批判了人性中的卑劣之处和社会中的不良风气。

透析《笑林广记》的四类内容

讽刺与暴露是《笑林广记》主题的一个侧面，其另一个侧面就是试图全面显示平民的日常生活。《笑林广记》中的作品，与其他笑话集类似，可主要概括为四类内容：

一是讥嘲昏官、贪官。此类许多笑话就事设喻、骂得非常巧妙，令读者笑后思之有味。

二是讽刺庸医误人。许多笑话是直接斥责庸医的医术，稍带调侃的味道。

有的笑话虽有些夸诞，实则反映了人们对庸医害人的切齿痛恨，由此而设计出此类笑话，让庸医自己尝到了亲自酿造的苦果。

三是笑秀才不识字，教书先生无师德。此类笑话讽刺世风浅薄，这与后代的教育和社会风化有着极为密切的关系，因此也受到人们的极大关注。许多笑话读后令人忍俊不已。师道尊严的虚伪面孔竟被学生撕扯得一干二净。

四是嘲笑人虚伪或生理缺陷、痴呆健忘。此类笑话数量极多，大都是流布于民间的，成为百姓茶余饭后的笑料。

知识卡片

孔 庙

曲阜孔庙，又称"阙里至圣庙"，位于山东省曲阜市中心鼓楼西侧300米处，是祭祀中国古代著名思想家和教育家孔子的祠庙。始建于鲁哀公十七年（前473）。

曲阜孔庙以孔子故居为庙，岁时奉祀。西汉以来历代帝王不断给孔子加封谥号，增修扩建。孔庙的规模也越来越大，成为全国规模最大的孔庙。现存的建筑群绝大部分是明、清两代完成的。庙内有殿堂、坛阁和门坊等464间。四周围以红墙，四角配以角楼，是仿北京故宫样式修建的。孔庙沿一条南北中轴线展开布置，左右对称，布局严谨，共有九进院落，前有棂星门、圣时门、弘道门、大中门、同文门、奎文阁、十三御碑亭，从大圣门起，建筑分成三路：中路为大成门、杏坛、大成殿、寝殿、圣迹殿及两庑，分别是祭祀孔子以及先儒、先贤的场所；东路为崇圣门、诗礼堂、故井、鲁壁、崇圣祠、家庙等，多是祭祀孔子上五代祖先的地方；西路为启圣门、金丝堂、启圣王殿、寝殿等建筑，是祭祀孔子父母的地方。

虾酱

虾酱是中国沿海地区常用的调味料之一,是用小虾加入盐,经发酵磨成黏稠状后,做成的酱食品。虾酱中含有丰富的蛋白质、钙、铁、硒、维生素A等营养元素,虾酱中还有一项很重要的营养成分——虾青素,虾青素是一种较强的抗氧化剂,被称为超级维生素E,虾酱越红说明虾青素越多,适量食用对身体颇为有益。

海蛳

海蛳螺,也叫梯螺,是软体动物腹足纲中腹足目海蛳螺科的动物。头和吻均短,足小,且前端呈截形,贝壳外形很奇特,长锥体,壳面上布满片状的纵肋。很像塔内盘旋而上的台阶,壳体白色且具有珍珠光泽。一般生活在近海礁石附近和泥沙底,盛产于广东、浙江、福建沿海。因为形状美丽,个体稀少,是比较珍贵的观赏品。

黄雀

黄雀是雀科金翅雀属的鸟类。体重9.5-16克;体长106-122毫米。雄鸟头顶与额黑色,上体黄绿色,腰黄色,两翅和尾黑色,翼斑和尾基两侧鲜黄色;雌鸟头顶与额无黑色,具浓重的灰绿色斑纹;上体赤绿色,具暗色纵纹,下体暗淡黄,有浅黑色斑纹;雄鸟飞翔时可显示出鲜黄的翼斑、腰和尾基两侧;虹膜近黑色;嘴暗褐色,下嘴较淡;腿和脚暗褐色。

黄雀的栖息环境比较广泛,无论山区或平原都可见到;在山区多在针阔混交林和针叶林中;平原多在杂木林和河漫滩的丛林中,有时也到公园和苗圃中。秋季和冬季多见于平原地区或山脚林带避风处。除繁殖期成对儿生活外,常集结成几十只的群,春秋季迁徙时见有集成大群的现象。以多种植物的果实和种子为食,兼主食赤杨、桦木、榆树、松树和裸子植物的果实、种子及嫩芽,也吃作物和蓟草、苋葵、茵草等杂草种子以及少量昆虫。

媒人

媒人给人介绍对象,是人类社会进入一夫一妻制婚姻时期较常见的一种择偶方式,它不仅在各民族的历史上是常见的一种择偶方式,而且也广泛流行于当今世界众多民族的婚姻习俗中。媒,按照现在的解释是媒介的意思,在中国古代媒还含有谋略的意思。

媒人在中国的婚姻嫁娶中起着牵线搭桥的作用。古时的婚姻讲究明媒正娶，若结婚不经媒人从中牵线，就会于礼不合，虽然有两情相悦的，也会假以媒人之口登门说媒，父母之命，媒妁之言，方才会行结婚大礼。女性媒人又称媒婆或大妗姐，自提亲起，到订婚、促成结婚，在男女双方间跑腿、联络、协调、搞气氛、说吉祥话、祝福新人幸福美满，直至婚礼结束，媒人才算完成了一桩任务。

目录
contents

悦 享 丛 书
yue xiang cong shu

卷一　古艳部

卷二　术业部

卷三 腐流部

卷四　殊禀部

卷五 僧道部

卷八 贪吝部

卷九　谬误部

卷一　古艳部

古艳部是《笑林广记》的第一部，对明清两代的官场科举等方面的怪象极尽挖苦讽刺，将官场上各种丑态暴露在光天化日之下。编者通过讲笑话的方式，对官场进行了有力的鞭挞与批判。

原不识字

有延师教其子者，师至，主人曰："家贫，多失礼于先生，奈何！"师曰："何言之谦，仆固无不可者。"主人曰："蔬食，可乎？"曰："可。"主人曰："家无藏获，风洒扫庭除，启闭门户，劳先生为之，可乎？"曰："可。"主人曰："或家人妇子欲买零星杂物，屈先生一行，可乎？"曰："可。"主人曰："如此，幸甚！"师曰："仆亦有一言，愿主人勿讶焉。"主人问何言？师曰："自愧幼时不学耳①！"主人曰："何言之谦。"师曰："不敢欺，仆实不识一字。"

①耳：表示肯定或语句的停顿与结束，如同"矣"，相当于"了""啊""也"。

译文

有个人要请一位先生教育自己的孩子。有一天，一个人来应聘，主人说："我们家贫穷，可能有很多对先生失礼的地方，您看怎么样啊？"这位先生说："不用这么客气，我本来就没什么计较的。"主人说："吃蔬菜，可以吗？"答："可以。"主人说："家里也没什么重活儿，凡是打扫庭院，开门关门，有劳先生做，可以吗？"答："行。"主人说："有时家里人，妇女孩子想买零星杂物，委屈先生去跑一趟，可以吗？"答："可

以 。"主人说："如果是这样，就太好了！"之后，先生也说："我也有一句话，希望主人不要惊讶。"主人问他什么话？先生说："我自愧小时候没有好好学习！"主人说："何必说这样谦虚的话。"先生说："不敢欺骗你，我其实一字不识呀！"

小恭五两

原 文

　　讹诈得财，蜀人谓之敲钉锤。一广文善敲钉锤，见一生员在泮池旁出小恭[1]，上前扭住吓之曰："尔身列学门，擅在泮池解手，无礼已极。"饬门斗："押至明伦堂重惩，为大不敬者戒。"生员央之曰："生员一时错误，情愿认罚。"广文云："好在是出小恭，若是出大恭，定罚银十两。小恭五两可也。"生员曰："我这身边带银一块，重十两，愿分一半奉送。"广文云："何必分，全给了我就是了。"生员说："老师讲明，小恭五两，因何又要十两？"广文曰："不妨，你尽管全给了我，以后准你泮池旁再出大恭一次，让你五两。千万不可与外人说，恐坏了我的学规。"

注 释

　　[1]出小恭：即小便。

译 文

　　讹诈得财，蜀人叫作敲钉锤。一位先生善于敲钉锤，他看见一个新学生在泮池旁边小便，上前扭住他并吓唬说："你身在学堂，擅自在泮池解手，无礼至极。"命令守门人道："押到明伦堂审问清楚，这是最大的不尊敬人，应该警戒的。"学生央求他说："学生一时犯错，情愿认罚。"先生说："幸好是解小手，若是解大手，一定罚你银子十两。解小手，罚五两就行了。"学生说："我身边只带了一块银子，重十两，愿分一半奉送给您。"先生说："何必分开，全给我就是了。"学生说："老师讲明，解小手五两，为什么又要十两？"先生说："不要紧，你尽管全给了我，以后准你在泮池旁解大手一次，让你五两银子。千万别对外人讲，恐怕败坏了我的学规。"

不准纳妾

 原文

有悍妻者，颇知书。其夫谋纳妾，乃曰："于传有之，齐人有一妻一妾。"妻曰："若尔，则我更纳一夫。"其夫曰："传有之乎？"妻答曰："河南程氏两夫。"夫大笑，无以难。又一妻，悍而狡①，夫每言及纳妾，辄曰："尔家贫，安所得金买妾耶？若有金，唯命。"夫乃从人称贷得金，告其妻曰："金在，请纳妾。"妻遂持其金纳袖中，拜曰："我今情愿做小罢，这金便可买我。"夫无以难。

注释

①狡（jiǎo）：奸猾；不老实。

译文

有个非常厉害的妻子，读过很多书。她的丈夫谋划着娶小妾，就说："以前有过这样的事，齐国人有一妻一妾。"妻子说："如果像你那样，我也要再找一个丈夫。"她的丈夫问："过去有过这样的事吗？"妻子回答道："河南叫程氏的妇女有两个丈夫。"丈夫大笑，想不出什么办法再难为她。另外还有个做妻子的，又厉害，又狡猾。丈夫每次说到要娶小妾，她就回答道："你家穷，怎么能够有钱买妾呢？如果有了钱，就听你的话，按你的意思办。"丈夫就从别人那里借来钱，对他妻子说："钱在这儿，请给我娶小妾吧！"他的妻子便把钱装在自己的袖子里，之后下拜着说："我现在情愿做小妾，这些钱就可以买我。"丈夫没有什么办法再难为她。

惯撞席

原文

一乡人做巡捕官，值按院门，太守来见，跪报云："太老官人进。"按君怒，责之十下。次日太守来，报云："太公祖进。"按君又责之。至第三日，太守又来，自念乡语不可，通文又不可，乃报云："前日来的，昨日来的，今日又来了。"

译 文

一个乡下人做了巡捕，负责看守按院的大门，太守来了，他跪着报告说："太老官人进。"太守很生气，下令打他十大板。第二天，太守又来了，他又报告说："太公祖进。"太守又打了他。到第三天，太守又来了。乡下人考虑到乡下土话不行，书面语也不行，所以就报告说："前天来的，昨天来的，今天又来了。"

先 后

原 文

有人剃头于铺，其人剃发极草率，既毕，特倍与之钱而行。异日复往，其人竭力为主剃发，加倍工夫，事事周到，既已，乃少给其资。其人不服曰："前次剃头草率，尚蒙厚赐，此番格外用心，何可如此？"此人谓曰："今之资，前已给过。今日所给乃前次之资也。"

译 文

有个人到理发店去理发，理发师剃头很粗糙，等到理完了，这个人却故意付了加倍的钱就走了。过了些日子，他又到那个理发店去理发，理发师尽力为他理发，而且下了加倍的工夫，样样都服务得很周到。等到理完了，那人竟少付工钱。理发师不服气地说："上次理得粗糙，还得到您的赏赐，这次给您理得格外细心，怎么反倒少付钱呢？"这个人说："今日的工钱，上次已经给过了。今天给的钱，是上次的工钱啊！"

狗 父

原 文

陆某，善说话，有邻妇性不好笑，其友谓之曰："汝能说一字令彼妇笑，又说一字令彼妇骂，则吾愿以酒菜享汝。"一日，妇立门前，适门前卧一犬，陆向之长跪曰："爷！"妇见之不觉好笑，陆复仰首向妇曰："娘！"妇闻之大骂。

译 文

有个姓陆的人，很擅长说笑话。他家隔壁有个妇女不苟言笑，他的朋友告诉他说：

"你能说一个字让那个妇女笑，又说一个字让那个妇女骂，我就愿意招待你一顿酒饭。"一天，那个妇女在门前站着，正好门前躺着一只狗，陆某人就向那狗长跪说："爷！"那妇女看了，不由得笑了起来，陆某人又抬起头向那妇女叫了声："娘！"那妇女一听，非常生气，破口大骂。

应先备酒

原 文

妻好吃酒，屡索①夫不与，叱之曰："开门七件事：柴、米、油、盐、酱、醋、茶，何曾见个酒字？"妻曰："酒是不曾开门就要用的，须是隔夜先买，如何放得在开门里面？"

注 释

①索：讨取，要。

译 文

妻子喜欢喝酒，几次要酒，丈夫都不给，而且叱责她说："开门七件事：柴、米、油、盐、酱、醋、茶，什么时候见过有酒这个字？"妻子说："酒是不用开门就要用的，必须是头一夜先买好，怎么能够放在开门的事情里面呢？"

偶遇知音

原 文

某生素善琴，尝谓世无知音，抑抑不乐。一日无事，抚琴消遣，忽闻隔邻，有叹息声，大喜，以为知音在是，款扉叩之，邻媪①曰："无他，亡儿存日，以弹絮为业，今客鼓此，酷类其音，闻之，不觉悲从中耳。"

注 释

①媪（ǎo）：对老年妇女的敬称。

某先生平时喜欢弹琴，曾经说世上没有他的知音，总是怏怏不乐。一天闲着没事，他又弹琴消遣。忽然听到隔壁家有叹息的声音，以为遇到了知音，就敲人家门问是怎么回事。隔壁的老妇人说："没有什么，死去的儿子生前以弹棉花为生，今天您弹琴的声音特别像他弹棉花的声音，听了，不觉悲从中来。"

帝怕妒妇

原 文

房夫人性妒悍，玄龄惧之，不敢置一妾。太宗命后召夫人，告以媵妾①之流，今有定制，帝将有美女之赐。夫人执意不回，帝遣斟以恐之，曰："若然，是抗旨矣，当饮此鸩。"夫人一举而尽，略无留难。曰："我见尚怕，何况于玄龄？"

注 释

①媵（yìng）妾：指姬妾。

译 文

房玄龄的夫人，性情又嫉妒，又凶狠，玄龄非常害怕她，不敢娶一个小妾。太宗命皇后召见房夫人，告诉她，现在很风行纳妾，而且有规定，皇帝将有美女赏赐。房夫人坚决不答应，皇帝命令给她送毒酒，用来恐吓她，说："像这样，是抗旨呀，应当喝下这杯酒。"房夫人一饮而尽，丝毫没有为难的神色。皇帝说："我看见了都害怕，更何况玄龄呢？"

仙女凡身

原 文

董永行孝，上帝命一仙女嫁之。众仙女送行，皆嘱咐曰："去下方，若更有行孝者，千万寄个信来。"

译 文

人间的董永很孝顺，上帝让一位仙女嫁给他。众仙女为这个仙女送行，都嘱咐她说："如果还有行孝的人，千万要捎个信回来。"

发利市①

原 文

一官新到任，祭仪门前毕，有未烬②纸钱在地，官即取一锡锭藏好。门子禀曰："老爷这是纸钱，要他何用？"官曰："我知道，且等我发个利市者。"

注 释

①利市：好买卖。②烬：燃。

译 文

有个官员刚刚上任，在门前祭仪完了时，发现地上有未燃的纸钱，官员马上收取一叠纸钱藏好。看门的人禀报说："老爷这是纸钱，要他有什么用？"官员回答说："我知道，你等着我生发钱财吧。"

贪 官

原 文

有农夫种茄不活，求计于老圃①。圃曰："此不难，每茄树下埋钱一文即活。"问其何故，答曰："有钱者生，无钱者死。"

注 释

①老圃（pǔ）：有经验的菜农。

译文

有个农夫栽种茄苗不活，向老菜农讨求栽种茄苗的方法。菜农说："这不难，只要每棵茄苗下埋上一文钱就能够活。"农夫问这是为何，菜农回答说："有钱者生，无钱者死。"

有　理

原文

一官最贪，一日拘两造对鞫①，原告馈以五十金，被告闻知，加倍贿托。及审时，不问情由，抽签竟打原告。原告将手作五数势曰："小的是有理的。"官亦以手覆曰："奴才，你虽有理，"又以一手仰曰："他比你更有理哩！"

注释

①鞫（jū）：审问。

译文

有个官吏十分贪婪，一天拘来原告与被告进行审讯，原告赠送给官吏五十两金子，被告听说了，便加倍贿赂。等到审讯时，官吏不分青红皂白，抽签便打原告。原告伸出五个手指打手势说："我是有理的。"官吏也伸出五指说："奴才，你虽然有理，"接着又把手一翻说，"他比你更有理哩！"

取　金

原文

一官出朱票，取赤金二锭，铺户送讫①，当堂领价。官问："价值几何？"铺家曰："平价该若干，今系老爷取用，只领半价可也。"官顾左右曰："这等，发一锭还他。"发金后，铺户仍候领价。官曰："价已发过了。"铺家曰："并未曾发。"官怒曰："刁奴才，你说只领半价，故发一锭还你，抵了一半价钱，本县不曾亏你，如何胡缠？快撵出去！"

注 释

①讫（qì）：完结，终了。

译 文

有个官员拿出朱红的金票，要买两锭赤金，金店的人送到后，当堂等着拿钱。官员问："多少价钱？"金店的人说："通常的价钱应是若干，现在是您用，只收取一半的价钱就行了。"官员瞅瞅周围的人说："这样的话，退还给他一锭金子。"退还一锭金子后，金店的人仍然等候着领钱。官员说："钱已经给过了。"金店的人说："并没有给呀！"官员十分恼怒，说："刁奴才，你说只收半价，因此退还一锭金子给你，抵偿了那一半价钱，我没有亏你，为什么还胡搅蛮缠？快撵出去！"

糊 涂

原 文

一青盲人涉讼，自诉眼瞎。官曰："你明明一双清白眼，如何诈瞎。"答曰："老爷看小人是清白的，小人看老爷却是糊涂得紧。"

译 文

有个患青盲眼的人被牵连到官司里，该人争辩说自己眼瞎。官员说："你的一双眼青白分明，为什么假装盲人？"那个人回答说："老爷看我是清白的，我看老爷却是糊涂得很哩！"

不 明

原 文

一官断事不明，惟好酒怠政，贪财酷民。百姓怨恨，乃作诗以诮①之云："黑漆皮灯笼，半天萤火虫，粉墙画白虎，黄纸写乌龙，茄子敲泥磬，冬瓜撞木钟，唯知钱与酒，不管正和公。"

注 释

①诮：讥诮。

译 文

有个官吏断事糊涂，只嗜好饮酒，常常怠误政事，且又贪吝财物，残害百姓。老百姓对他十分怨恨，于是作诗讥讽他说："黑漆皮灯笼，半天萤火虫，粉墙画白虎，黄纸写乌龙，茄子敲泥磬，冬瓜撞木钟，唯知钱与酒，不管正和公。"

偷 牛

原 文

有失牛而讼于官者，官问曰："几时偷去的？"答曰："老爷，明日没有的。"吏在旁不觉失笑。官怒曰："想就是你偷了。"吏洒两袖曰："任凭老爷搜。"

译 文

有个人丢了牛，上诉到官府。官员问他说："什么时候丢的？"那个人回答说："老爷，是明天没有的。"旁边的一个差役听后忍不住笑出声来。官员大怒说："想必就是你偷的了。"差役甩动两只袖子说："任凭老爷您搜查。"

避 暑

原 文

官值暑月，欲觅避凉之地。同僚纷议。或曰："某山幽雅。"或曰："某寺清闲。"一老人进曰："山寺虽好，总不如此座公厅，最是凉快。"官曰："何以见得？"答曰："别处多有日头，独此处有天无日。"

译 文

天气炎热，有个官员打算寻找避暑的地方。同僚们纷纷议论。有的说："某山幽雅。"有的说："某寺院清凉。"有位老人进言道："山上和寺院虽好，但都没有这大堂

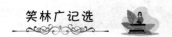

上凉快。"官员问："凭什么这样说？"老人回答说："别的地方常常有太阳，只有这大堂上有天无日。"

强盗脚

原文

乡民初次入城，见有木桶悬于城上。问人曰："此中何物？"应者曰："强盗头。"及至县前，见数个木匣钉于谯楼①之上，皆前官既去，而所留遗爱之靴。乡民不知，乃②点首曰："城上挂的强盗头，此处一定是强盗脚了。"

注释

①谯楼：城门上的望楼。②乃：于是。

译文

有个乡下人第一次进城，见有木桶悬挂在城门上，便向别人问道："那里面装的是什么东西？"那人回答说："是强盗的头。"等到了县衙门前，见数只木匣被钉在打更鼓的楼上，实际上都是以前当官的离任时所留下的靴子。乡下人不晓得，于是点头说："城门上挂的是强盗头，这里一定是强盗脚了。"

属 牛

原文

一官遇生辰，吏典闻其属鼠，乃醵①黄金铸一鼠为寿。官甚喜，曰："汝等可知奶奶生辰亦在目下乎？"众吏曰："不知，请问其属？"官曰："小我一岁，丑年生的。"

注释

①醵（jù）：凑钱。

译文

有个官员过生日，下属们听说他属鼠，便凑集黄金铸成一只金老鼠，献给官员为之祝寿。官员十分欢喜，说："你们是否知道我太太的生日也在近日？"众官吏回答说："不知道，请问她属什么？"官员说："她比我小一岁，属牛。"

同　僚

原文

有妻、妾各居者。一日，妾欲谒①妻，谋之于夫："当如何写帖？"夫曰："该用'寅弟'二字。"妾问其义如何，夫曰："同僚写帖，皆用此称呼，做官府之例耳。"妾曰："我辈并无官职，如何亦写此帖？"夫曰："官职虽无，同僚总是一样。"

注释

①谒：拜见。

译文

有个人妻、妾分居。某日妾打算拜见妻，与丈夫商量应怎样写帖子，丈夫说："该用'寅弟'二字。"妾问为什么要这样写，丈夫说："在一起做官的人写帖子，都用这样的称呼，这是官场的惯例。"妾说："我们并没有官职，为什么也写这样的帖子？"丈夫说："你们是同僚的身份，总该是没错的。"

州　同

原文

一人好古董，有持文王鼎求售者，以百金买之。又一人持一夜壶至，铜色斑驳陆离，云是武王时物，亦索重价。曰："铜色虽好，只是肚里甚臭。"答曰："腹中虽臭，难道不是个周铜①？"

注 释

①周铜：周（州）铜（同），官职名。

译 文

一个人酷爱古董，有人拿文王鼎出售，他以一百金买下。又一人拿一夜壶来，铜色斑驳陆离，说是周武王时的文物，要卖高价。文物爱好者说："铜色虽然好，只是肚里臭得很。"卖的人说："腹中虽然臭，难道不是个周铜？"

太监观风

原 文

镇守太监观风，出"后生可畏焉"为题，众皆掩口而笑，乃问其故，教官禀曰："诸生以题目太难，求减得一字为好。"乃笑曰："既如此，除了'后'字，只做'生可畏焉'罢。"

译 文

有个镇守太监观察民风，出"后生可畏焉"做题目，大家都掩口而笑。太监问大家笑的原因，教官报告说："许多书生认为题目太难，请求去掉一字。"太监大笑说："既然这样，云掉'后'字，改作'生可畏焉'吧。"

武弁①夜巡

原 文

一武弁夜巡。有犯夜者，自称书生会课归迟。武弁曰："既是书生，且考你一考。"生请题，武弁思之不得，喝曰："造化了你，今夜幸而没有题目。"

注 释

①武弁（biàn）：旧时称低级武官。

译 文

有个武官夜里巡视。一个触犯夜规的人，自称是书生，说因为上课才回来晚了。武官说："既然是书生，姑且考你一下。"书生让武官出题，武官想了半天没想出题目，喝道："算你运气，今夜幸而没有题目。"

垛子助阵

原 文

一武官出征将败，忽有神兵助阵，反大胜。官叩头请神姓名，神曰："我是垛子。"武官曰："小将何德，敢劳垛子尊神见救。"答曰："感汝平昔在教场从不曾伤我一箭。"

译 文

一个武官出征作战，眼看就要失败，忽然遇有神兵助阵，反而大获全胜。武官磕头请问神的姓名，神说："我是箭靶神。"武官说："小将我有什么功德，竟敢劳驾箭靶尊神前来救助？"靶神回答说："我是感谢你过去在练武场上，从来没有伤着过我一箭。"

进士第

原文

一介弟横行于乡，怨家骂曰："兄登黄甲，与汝何干，而豪横若此？"答曰："尔不见匾额上面写着'进士第（弟）'么？"

译文

一人哥哥中了进士，他就横行乡里，怨恨他的人骂他说："你哥中了进士，与你有什么相干，这样横行霸道？"答："你不见我家匾额上面，写着'进士第（弟）'么？"

及　第

原文

一举子往京赴试，仆挑行李随后。行到旷野，忽狂风大作，将担上头巾吹下。仆大叫曰："落地了。"主人心下不悦，嘱曰："今后莫说落地，只说及第。"仆颔①之。将行李拴好，曰："如今恁你走上天去，再也不会及第②了。"

注释

①颔：点头，答应。②及第：科举考中之称。

译文

有个被推举应试的人到京都参加科举考试，仆人挑着行李跟在后面。行走到旷野，忽然狂风大起，将担子上的头巾刮掉了。仆人大叫道："落地了。"主人听后心里很不高兴，叮嘱说："今后不要说'落地'，只能说'及第'。"仆人答应了，接着将行李拴好，说："现在任凭你跑上天去，再也不会及第了。"

嘲武举诗

原文

头戴银雀顶，脚踏粉底皂。也去参主考，也来谒孔庙。颜渊喟然叹，夫子莞尔笑。子路愠①见曰："这般呆狗屎，我若行三军，都去喂马料。"

注 释

①愠：怒。

译 文

头戴银雀顶，脚踏粉底皂。这样的人也去参主考，也来谒孔庙。颜渊喟然叹息，夫子莞尔发笑，子路恼怒说："这般呆狗屎，我若管理三军，都让他们去喂马料。"

封 君

原 文

有市井获封者，初见县官，甚踞蹐①，坚辞上坐。官曰："叨为令郎同年，论理还该侍坐。"封君乃张目问曰："你也是属狗的么？"

注 释

①踞蹐（jú jí）：畏缩恐惧的样子。

译 文

有个商人被封官，第一次拜见县官，十分拘束，坚持不肯坐上座。县官说："实在有愧，我跟你儿子同岁，按理应当服侍你坐。"商人竟然瞪大眼睛问道："你也是属狗的吗？"

老 父

原 文

一市井受封，初见县官，以其齿尊，称之曰："老先。"其人含怒而归，子问其故，曰："官欺我太甚，彼该称我老先生才是，乃作歇后语叫甚么老先。明系轻薄，我回称也不曾失了便宜。"子询问何以称呼，答曰："我本应称他老父母官，今亦缩住后韵，只叫他声老父。"

译 文

有个商人被封官，第一次拜见县官，因为商人年岁高，县官称他为"老先"，商人为此含怒而回。孩子问他为何生气，商人说："县官欺辱我太甚，他该称我老先生才是，可县官竟然作歇后语叫我什么'老先'，这明明是瞧不起我。因此我称呼他也没让他占便宜。"孩子问用的是什么称呼，商人回答说："我本应该称他老父母官，今天也减掉后边二个字，只叫他声'老父'。"

公子封君

原 文

有公子兼封君者，父对之乃欣羡不已。讶问其故，曰："你的爷既胜过我的爷，你的儿又胜过我的儿。"

译 文

有个人是公子，同时又受到皇上封官，父亲对他羡慕不已。儿子十分惊讶，问父亲为何羡慕不已，父亲回答说："你的爹胜过我的爹，你的儿又胜过我的儿。"

送父上学

原 文

一人问："公子与封君孰乐？"答曰："做封君虽乐，齿已衰矣。惟公子年少最乐。"其人急趋而去，追问其故，答曰："买了书，好送家父去上学。"

译 文

有个人问："做公子与做受封的贵族哪一个高兴？"另一个人回答道："做受封的贵族虽然高兴，但年高衰老了，只有做公子年岁小才是最高兴的。"问话的人急忙跑走，那人追问他跑的原因，回答说："买了书，好送我的父亲去上学。"

纳粟诗

原 文

赠纳粟诗曰："革车（言三百两）买得截然高（言大也），周子窗前满腹包（言草也）。有朝若遇高曾祖（言考也），焕乎其有没分毫（言文章）。"

译 文

有首赠纳粟诗，说："革车（指三百两）买得截然高（言大），周子窗前满腹包（言草）。有朝若遇高曾祖（言考），焕乎其有没分毫（指文章）。"

考 监

原 文

一监生过国学门，闻祭酒方盛怒两生而治之，问门上人者，然则打欤[1]？罚欤？镦锁欤？答曰："出题考文。"生即咈然[2]，曰："咦，罪不至此。"

注 释

[1]欤（yú）：助词，表示疑问等语气。[2]咈然：不悦貌。咈，通"怫"。

译 文

有个监生经过京都官办的学校，听到祭酒正发怒要惩处两个书生，便向学堂的人询问，是要打，要罚钱，还是要囚禁起来？学堂的人说："出个题目让其作文。"监生不悦，立刻嚷道："咦，惩处不应达到如此地步！"

坐 监

原 文

一监生妻屡劝其夫读书，因假寓于寺中，素无书箱，乃唤脚夫以箩担挑书先往。脚夫中途疲甚，身坐担上，适生至，闻傍[1]人语所坐《通鉴》，因怒责脚夫，夫谢罪曰："小人因为不识字，一时坐了鉴（监），弗[2]怪弗怪。"

注 释

①傍（páng）：旁边。②弗：不。

译 文

有个监生的妻子多次劝其丈夫读书，由于借住在寺庙里，平素没有书箱，于是唤脚夫用箩担挑书先去。脚夫走到途中很劳累，便坐在担子上，正好监生赶到，听邻近的人说脚夫坐在《通鉴》上，于是大怒责备脚夫，脚夫道歉说："我因为不识字，一时坐了鉴（监），不要怪不要怪。"

咬飞边

原 文

贫子途遇监生，忽然抱住咬耳一口，生惊问其故，答曰："我穷苦极矣。见了大锭银子，如何不咬些飞边用用。"

译 文

有个穷人路遇书生，忽然抱住书生冲其耳朵咬了一口。书生十分惊恐，问穷人为何这样，穷人说："我穷极了，见了大锭银子，难道不能咬些飞边享用一下吗？"

入 场

原 文

监生应试入场方出，一故人相遇揖之，并揖路旁猪屎。生问："此臭物，揖之何为？"答曰："他臭便臭，也从大肠（场）里出来的。"

译 文

有个监生应试入场刚刚出来，与一旧友相遇，旧友向监生作揖，又向路旁猪屎作揖。监生问："这样的臭物，为什么要为之作揖？"旧友回答说："他臭是臭，但也是从大肠（场）里出来的。"

书 低

一生赁僧房读书，每日游玩，午后归房。呼童取书来，童持《文选》，视之曰低；持《汉书》，视之曰低；又持《史记》，视之曰低。僧大诧①曰："此三书熟其一，足称饱学，俱云低何也？"生曰："我要睡，取书作枕头耳。"

注 释

①诧：惊讶。

译 文

有个书生租借和尚的房子读书，天天游玩，直到每天午时以后才回来。有一天回来时招呼仆人拿书来，仆人拿来《文选》，书生看后说低，又拿来《汉书》，书生看后说低，仆人又拿来《史记》，书生仍然说低。和尚听后十分惊诧，说："这三种书精通其中一种，足可以称其为学问高深，你全都说低为什么？"书生回答："我要睡觉，拿书只是做枕头罢了。"

监生娘娘

原 文

监生至城隍庙，傍有监生案，塑监生娘娘像。归谓妻曰："原来我们监生恁般①尊贵，连你的像，早已都塑在城隍庙里了。"

注 释

①恁般：这样，那样。

译 文

有个监生来到城隍庙，看到邻近处有监生的几案，塑有监生娘娘像。监生回来对他的妻子说："原来我们监生如此尊贵，连你的像，都早已雕塑在城隍庙里了。"

监生自大

 原 文

　　城里监生与乡下监生各要争大，城里者耻之曰："我们见多识广，你乡里人孤陋寡闻。"两人争辩不已，因往大街同行各见所长。到一大第门首，匾上"大中丞"三字，城里监生倒看指谓曰："这岂不是'丞中大'乃一徵验。"又到一宅，匾额是"大理卿"，乡下监生以"卿"字认做"乡"字，忙亦倒念指之曰："这是'乡里大'了。"两人各不见高下。又来一寺门首，上题"大士阁"，彼此平心和议曰："原来阁（各）士（自）大。"

译 文

　　城里监生与乡下监生互相争大。城里监生对乡下监生瞧不起地说："我们见多识广，而你们乡里人孤陋寡闻。"两个监生争辩不止，于是去大街行走，各自寻找谁大的证据。走到一大宅门口，匾上书有"大中丞"三字，城里监生倒看指其说："这岂不是'丞中大'，这是一证据。"又到一宅，匾额是"大理卿"，乡下监生把"卿"字认作"乡"字，急忙倒念指其匾额说："这是'乡里大'了。"两个书生分不出高低，又来到一座寺院门口，上面书写着"大士阁"，两个监生看后彼此平心静气地说："原来'阁（各）士（自）大'。"

王监生

原 文

　　一监生姓王，加纳知县到任。初落学，青衿①呈书，得牵牛章，讲诵之际，忽问那"王见之"是何人，答曰："此王诵之之兄也。"又问那"王曰"然是何人，答曰："此王曰，叟②之弟也。"曰："妙得紧。且喜我王氏一门，都在书上。"

注 释

　　①青衿：青色交领的长衫。借指学子。②叟（sǒu）：年老的男人。

译 文

　　有个监生姓王，得到县官职务走马上任。到任后，有个读书人恭敬地送上《孟子》

一书，县官看到《梁惠王·牵牛》一章时，忽然问："书中的王见之是何人？"读书人回答说："是王诵之的哥哥。"县官又问："书中的王曰是何人？"读书人回答说："王曰是老先生的弟弟。"县官说："妙得很，实在令人欢喜，我王姓一家，都在书上。"

自不识

原 文

有监生穿大衣，带圆帽，于着衣镜中自照，得意甚，指谓妻曰："你看镜中是何人？"妻曰："臭乌龟，亏你做了监生，连自（字同）都不识。"

译 文

有个监生穿大衣，戴圆帽，对着衣镜照看自己，极为得意，指着镜子对着妻子说："你看镜中是何人？"妻子说："臭乌龟，亏你做了监生，连自（字）都不认识。"

监生拜父

原 文

一人援例入监，吩咐家人备帖拜老相公。仆曰："父子如何用帖，恐被人谈论。"生曰："不然，今日进身之始，他客俱拜，焉有亲父不拜之理。"仆问："用何称呼？"生沉吟曰："写个'眷侍教生'罢。"父见，怒责之，生曰："称呼斟酌①切当，你自不解。父子一本至亲，故下一眷字；侍者，父坐子立也；教者，从幼延师教训；生者，父母生我也。"父怒转盛，责其不通。生谓仆曰："想是嫌我太妄了，你去另换个晚生帖儿来罢。"

注 释

①斟酌：反复考虑以后决定取舍。

译 文

有个人当了监生后，吩咐仆人准备帖子拜老父亲。仆人说："父子怎能月帖呢，恐被别人谈论。"监生说："你说得不对，我刚刚当官，其他客都拜，哪有亲父不拜之理？"仆人问："用什么称呼呢？"监生沉思道："写个'眷侍教生'吧。"监生的父亲看到帖子，十分恼怒。监生对父亲说："称呼斟酌贴切适当，你自己没领会。父子本是至亲，故下一'眷'字；'侍'字，是父坐子立之意；'教'字，是从小请师教训之意；'生'字是父母生我之意。"父亲听了监生的辩白，更加恼羞成怒，指责其不通。监生对仆人说："想必是父亲嫌我太随便了，你去换个晚生帖儿来罢！"

半字不值

原 文

一监生妻谓其孤陋寡闻，使劝读书。问："读书有甚好处？"妻曰："一字值千金，如何无益？"生答曰："难道我此身半个字也不值？"

译 文

有个监生的妻子认为丈夫孤陋寡闻，便勉励他读书。监生问："读书有什么好处？"妻子说："一字值千金，难道无益？"监生回答说："难道我半个字也不值？"

借药碾

原 文

一监生临终，谓妻曰："我一生挣得这副衣冠，死后必为我殡殓。"妻诺，既死穿衣套靴讫，惟圆帽左右欹侧①难带。妻哭曰："我的天，一顶帽子也无福带。"生复还魂张目谓妻曰："必要带的。"妻曰："非不欲带，恨枕不稳耳。"生曰："对门某医生家药碾槽，借来好做枕。"

注 释

①欹（qī）侧：歪斜。

译 文

有个监生临死的时候，对妻子说："我一生挣得这副衣帽，死后一定为我穿戴好再入葬。"妻子答应后监生就死了。妻子为他穿衣套靴已经完毕，只有圆帽左戴右戴都不安

稳。妻子痛哭："我的天，一顶帽子也没有福戴。"监生还魂瞪大眼睛对妻子说："一定要戴的。"妻子回答说："不是不想戴，恨其枕不安稳。"监生说："借来对门医生家的药碾槽，做枕头最好。"

斋戒库

原文

一监生姓齐，家资甚富，但不识字。一日府尊出票，取鸡二只，兔一只。皂亦不识字，央齐监生看。生曰："讨鸡二只，兔一只。"皂只买一鸡回话。太守怒曰："票上取鸡二只，兔一只，为何只缴一鸡？"皂以监生事禀。太守遂拘监生来问，时太守适有公干，暂将监生收入斋戒库内候究。生入库，见碑上"斋戒"二字，认做他父亲"齐成"姓名，张目惊诧呜咽不止。人问何故，答曰："先人灵座，何人设建在此，睹物伤情，焉得不哭。"

译文

有个监生姓齐，家里很富，但不识字。一天太守开列单子，要鸡二只，兔一只。差役不识字，便恳求姓齐的监生看。监生念道："讨鸡二只，兔一只。"差役只买一只鸡回来，太守生气说："叫你买二只鸡，一只兔，为什么只买一只鸡？"差役以监生念的话禀报。太守于是拘拿监生到堂责问。正巧太守遇有公事要做，便临时将监生收入斋戒库内等候查究。监生进入库内，见碑上"斋戒"二字，误认成他父亲"齐成"姓名。惊诧得瞪大眼睛呜咽不停。别人问他为什么哭，监生回答说："先人灵座，不知谁将其建立在此，睹物伤情，怎能不哭。"

附 例

原文

一秀才畏考援例。堂试之日，至晚不能成篇，乃大书卷面曰："惟其如此，所以如此。若要如此，何苦如此。"官见而笑曰："写得此四句出，毕竟还是个附例。"

译文

有个秀才害怕规定的考试。堂试那天，到了最后也做不出文章，于是在试卷上写道："惟其如此，所以如此。若要如此，何苦如此。"考官看后笑道："能写得出这四句，毕竟还算不上白痴。"

酸　臭

原文

小虎谓老虎曰："今日出山，搏得一人食之，滋味甚异，上半截酸，下半截臭，究竟不知是何等人。"老虎曰："此必是秀才纳监者。"

译文

小老虎对大老虎说："今天出山，捕得一个人吃，滋味十分特殊，上半截酸，下半截臭，到底不知是什么人？"大老虎说："那人一定是秀才升为监生的。"

仿制字

原文

一生见有投制生帖者，深叹制字新奇，偶致一远札，遂效之。仆致书回，生问见书有何话说，仆曰："当面启看，便问老相公无恙，又问老安人好否。予曰：'俱安①。'乃沉吟半晌，带笑而入，才发回书。"生大喜曰："人不可不学，只一字用着得当，便一家俱问到，添下许多殷勤。"

注释

①俱安：都好。

译文

有个书生见有送来的书信，深深赞叹用字奇妙新颖，碰巧要给远地的一个朋友写信，于是仿效来信写了一封，让仆人送去。仆人送信回来，书生问朋友说了什么，仆人答："他看了信后，便问：'老爷、夫人好吗？'我回答说：'都好。'接着他沉思片刻，带笑进到里屋写回信。"书生听了十分高兴，说："人不可不学，只一个字用得恰当，便一家都问候到了，增添了许多殷勤。"

春生帖

原文

一财主不通文墨，谓友曰："某人甚是欠通，清早来拜我，就写晚生帖。"旁一监生曰："这倒还差不远，好像这两日秋天拜客，竟有写春生帖子的哩。"

译文

有个财主不通文墨，对其友人说："某人十分欠通，清早来拜见我，却写晚生帖。"近旁一个监生说："这倒差得不远，不像这两天秋天拜客，竟然有写春生帖子的哩。"

借 牛

原文

有走柬①借牛于富翁者，翁方对客，讳不识字，伪启缄②视之，对来使曰："知道了，少刻我自来也。"

注释

①走柬：传信；送信。②缄：信封。

译文

有人送来书信向一富翁借牛，富翁恰巧正接待客人，忌讳自己不识字，假装打开信封看信，对送信的人说："知道了，过一会儿我自己去。"

哭 麟

原文

孔子见死麟①，哭之不置。弟子谋所以慰之者，乃编钱挂牛体，告曰："麟已活矣。"孔子观之曰："这明明是一只村牛，不过多得几个钱耳。"

注 释

①麟：麒麟。

译 文

孔子看见死麒麟，大哭不止。其学生为了安慰孔子，把铜钱串起来，挂满牛身，之后告诉孔子说："麒麟已经复活了。"孔子看了假麒麟之后说："这明明是一只乡村的老牛，只不过多了几个钱罢了。"

江心赋

原 文

有富翁同友远出，泊舟江中，偶上岸散步，见壁间题"江心赋"三字，错认"赋"字为"贼"字，惊欲走匿。友问故，指曰："此处有贼。"友曰："赋也，非贼也。"其人曰："赋便赋了，终是有些贼形。"

译 文

有个富翁和友人乘船出远门，一日停靠上岸，看见江堤上题有"江心赋"三字，富翁将"赋"字错认为"贼"字，十分惊恐，欲离开躲藏起来。友人问其缘故，富翁指"江心赋"三字说："此处有贼。"友人说："是赋，不是贼。"富翁说："即便是赋，到底是有些贼的形状。"

吃乳饼

原 文

富翁与人论及童子多肖乳母，为吃其乳，气相感也。其人谓富翁曰："若是如此，想来足下从幼是吃乳饼长大的。"

译 文

富翁和人说小孩很像乳母，是因为吃她的奶汁，气相感应的缘故。那人说："照你的说法，你从小一定是吃乳饼长大的了。"

不愿富

原文

一鬼托生时，冥王判作富人。鬼曰："不愿富也，但求一生衣食不缺，无是无非，烧清香，吃苦茶，安闲过日足矣。"冥王曰："要银子便再与你几万，这样安闲清福，却不许你享。"

译文

有个灵魂托生，冥王判他托生为富人。灵魂说："不愿意富，只求一生衣食不缺，没有是非，烧清香，吃苦茶，安稳清闲地过日子就满足了。"冥王说："如果要钱就再给你几万两银子，这样安闲清福，不许你享受。"

薑字塔

原文

一富翁问"薑"字如何写，对以草字头，次一字，次田字，又一字，又田字，又一字。其人写草壹田壹田壹，写讫玩之，骂曰："天杀的，如何诳①我，分明作耍我造成一座塔了。"

注释

①诳（kuáng）：欺骗。

译文

有个富人问"薑"字怎么写，某人告诉他草字头，接着是一字，田字，再一字，田字，一字。富翁写草壹田壹田壹，写完后欣赏所写的字，骂道："该死的，为什么欺骗我，分明是要戏弄我建造一座宝塔。"

医银入肚

 原 文

一富翁含银于口，误吞入，肚甚痛，延医治之。医曰："不难，先买纸牌一副，烧灰咽之，再用艾丸炙①脐，其银自出。"翁询其故，医曰："外面用火烧，里面有强盗打劫，哪怕你的银子不出来。"

注 释

①炙（zhì）：烤。

译 文

有个富翁含银于嘴，误将其吞入腹中，肚子疼得十分厉害，请来医生为其治病。医生说："不难，先买纸牌一副烧成灰咽进肚里，再用艾丸烤肚脐，吞入的银子自然就会出来。"富翁询问是什么道理，医生回答说："外面用火烧，里面有强盗打劫，不怕你的银子不出来。"

田主见鸡

原 文

一富人有余田数亩，租与张三种，每亩索鸡一只。张三将鸡藏于背后，田主遂作吟哦①之声曰："此田不与张三种。"张三忙将鸡献出，田主又吟曰："不与张三却与谁？"张三曰："初问不与我，后又与我何也？"田主曰："初乃无稽②（鸡）之谈，后乃见机（鸡）而作也。"

注 释

①吟哦：推敲诗句，有节奏地诵读。②无稽：没有根据。

译 文

一个富人有余田数亩，租给张三种，每亩田索要鸡一只。张三将鸡藏于背后，田主于是哼着作诗的腔调说："此田不与张三种。"张三忙将鸡献出，田主又吟咏道："不与张三却与谁？"张三问："开始听你说不给我种，后又给我种，这是为什么？"田主说："开始是无稽（鸡）之谈，后来是见机（鸡）而作。"

讲 解

原 文

有姓李者暴富而骄，或嘲之云："一童读百家姓首句，求师解释，师曰：'赵是精赵的赵字（吴俗谓人呆为赵），钱是有铜钱的钱字，孙是小猢狲的孙字，李是姓张姓李的李字。'童又问：'倒转亦可讲得否？'师曰：'也讲得。'童曰：'如何讲？'师曰：'不过姓李的小猢狲，有了几个臭铜钱，一时就精赵起来。'"

译 文

有个姓李的人暴富而自满。有人嘲讽道："有个书童读百家姓首句，请老师讲解，老师说：'赵是精赵的赵（吴俗称人呆为赵），钱是有铜钱的钱字，孙是小猢狲的孙字，李是姓张姓李的李字。'书童又问：'倒过来也能讲通吗？'老师说：'也能讲通。'书童问：'如何讲？'老师说：'不过姓李的小猢狲，有了几个臭铜钱，一时就精赵起来。'"

训 子

原 文

富翁子不识字，人劝以延师训子。先学一字是一画，次二字是二画，次三字三画。其子便欣然投笔告父曰："儿已都晓字义，何用师为？"父喜之乃谢去。一日父欲招万姓者饮，命子晨起治状，至午不见写成。父往询之，子恚曰："姓亦多矣，如何偏姓万，自早至今才得五百画哩！"

译 文

有个富翁的儿子不识字，别人劝富翁聘请老师教其子。老师先教"一"字是一画，再教"二"字是二画，"三"字是三画。随后，富翁的儿子十分得意地丢下笔告诉父亲说："我已经通晓字义了，还用老师干什么！"富翁听了很高兴，于是辞去了老师。有一天，富翁想请一个姓万的朋友来喝酒，让儿子早晨起来写张请帖，可是直到中午还不见写成，便去儿子那里询问。儿子抱怨说："姓是很多的，为什么他偏偏姓万。我从早晨到现在才写了五百画呀！"

精彩点拨

古艳部精选的笑话，其最大特点就是对明清两代官场上的丑态进行揭露与讽刺。有讥讽官员的、有讥笑惧内的、有讽刺太监的、有讽刺武将无能的，最多的是讥讽监生。在明清两代，国子监是朝廷最高学府，有了监生的身份才能在科举考试中得到一些便利。所谓监生就是国子监的学生。明清两代成为监生的途径很多，其中通过捐纳钱粮而得来的监生成为当时的一道风景，也是一种社会弊端，也正是因为如此，监生才成了同是读书人的作者所讥刺、挖苦的主要对象。这些笑话大多借乡人之口娓娓道来，令人捧腹、忍俊不禁。

阅读积累

齐 国

公元前1046年，姜子牙辅佐周武王灭商后，被封国建邦。姜子牙采取富国爱民之道，煮盐垦田，兵甲数万，将多粮广，富甲一方。齐桓公继位后，已经是疆域濒临大海的东方大国，齐桓公打出"尊王攘夷"的旗帜，成为春秋五霸之首。

齐国（前1044—前221）是中国历史上从西周到春秋战国时期的一个诸侯国，国都是临淄（今山东省淄博市临淄区），齐胡公时曾迁都至薄姑（临淄西北五十里），田氏代齐之后，仍以临淄为都城。被周天子封为侯爵后，分为姜齐和田齐两个时代。疆域位于现今山东省大部。始封君为周武王国师、军师太公望（姜子牙）。公元前386年，田和被周安王列为诸侯，取代姜齐，正式称侯，仍沿用齐国名号，世称"田齐"，成为战国七雄之一。

齐国被左丘明的《左传·襄公二十七年》《国语·郑语》和司马迁的《史记·十二诸侯年表》共同评价为春秋四大国之一。

卷二 术业部

精彩导读

　　术业部是《笑林广记》的第二部，共讲了 44 则笑话，主要讲了古代各行各业出现的生活乱象。既有上流社会的丑态，也有下层社会的洋相。在这些笑话引人发笑的同时，也对古时社会的行业面貌进行讽刺挖苦，各式各样人物悉数登场。

医 官

　　医人买得医官札付者，冠带而坐于店中。过者骇曰："此何店，而有官在内？"旁人答曰："此医官之店（嘲衣冠之店）。"

　　有个医生买了朝廷医官的衣帽，穿戴起来坐在店里。过路的人惊奇地说："这是什么店，怎么有官员坐在里面？"旁边的人回答说："这是医官之店（嘲衣冠之店）。"

写 真

　　有写真者，绝无生意。或劝他将自己夫妻画一幅贴出，人见方知。画者乃依计而行。一日，丈人来望，因问："此女是谁？"答云："就是令爱。[①]"又问："他为甚与这面生人同坐？"

注释

①令爱：称对方的女儿的敬辞。

译文

有个人专门为人画像，总没有生意上门。有人就劝他把自己夫妻合像画一幅贴出来，别人看到就会来找他画的。画匠就按他说的办了。有一天，他的岳父来看他，见了那幅画，就问："这个女的是谁？"回答说："是您的女儿。"又问："她为什么和这个生人坐在一起呢？"

僵　蚕

原文

一至久无生意，忽有求药者至。开箱取药，中多蛀虫。人问"此是何物？"曰："僵蚕。"又问："僵蚕如何是活的？"答曰："吃了我的药，怕他不活？"

译文

一个医生，很久没有人请他看病了。有一天，忽然来了个买药的，医生打开药箱取药，里百已经生了很多蛀虫。买药的人问那是什么东西，医生回答说："是僵蚕。"那人又问："僵蚕怎么是活的？"医生说："吃了我的药，还怕它不活？"

送　药

原文

一医迁居，谓四邻曰："向来打搅，无物可做别敬，每位奉药一帖。"邻舍辞以无病。医曰："但吃了我的药，自然会生起病来。"

译文

有个医生搬了新房，临走时，对邻居们说："过去一直打搅大家，也没什么可送的，特敬送每位一服药。"邻居们都说没有病，坚决不收。医生说："现在虽然没有病，但吃了我的药，自然就会生病了。"

偷　肉

原　文

厨子往一富家治酒，窃肉一大块，藏于帽内。适为主人窥见，有意作耍他拜揖，好使帽内肉跌下地来。乃曰："厨司务，劳动你，我作揖奉谢。"厨子亦知主人已觉，恐跌出不好看相。急跪下曰："相公若拜揖，小人竟下跪。"

译　文

一个厨师到一个富人家置办酒席，偷了一大块肉，藏在帽子里，恰巧被三人看见了。主人有意要耍弄他，让他弯腰作揖，好让帽子里的肉掉下来。就对厨师说："师傅，你辛苦了，我作揖奉谢。"厨师知道主人已发觉他偷肉，见主人作揖，他不敢回敬作揖，怕肉从帽子里掉下来难堪，就急忙跪下说："相公如果作揖，我就下跪了。"

怨算命

原　文

或见医者，问以生意如何。答曰："不要说起，都被算命先生误了。嘱我有病人家不要去走。"

译　文

有人遇见一个医生，就上前询问他生意怎么样？医生回答说："别提了，都让那个算命先生给耽误了，他叫我凡是有病的人家都不要去。"

头　嫩

原　文

一待诏替人剃头，才举手，便所伤甚多。乃停刀辞主人曰："此头尚嫩，下不得刀。且过几时，俟其老了再剃罢。"

译 文

一个理发的给人剃头，才开始剃了几下，就伤了几处头皮。于是，他就放下刀子不剃了，并对主人说："你的头皮太嫩，下不了刀。等过些时，让它长老点儿，再给你剃吧。"

不 下 剪

原 文

裁缝裁衣，反覆量，久不肯下剪。徒弟问其故，答曰："有了他的，便没有了我的；有了我的，又没有了他的。"

译 文

有一个裁缝为人裁衣，反复量了半天，也不肯下剪。徒弟问他原因，裁缝回答说："有了他的，便没有了我的；有了我的，便没有了他的。"

包 活

原 文

一医药死人儿，主家诉之曰："汝好好殡殓我儿罢了，否则讼之于官。"医许以带归处置，因匿儿于药箱中。中途又遇一家邀去，启箱用药，误露儿尸。主家惊问，对曰："这是别人医杀了，我带去包活的。"

译 文

一个医生医死了人家的小孩儿，主人生气地骂道："你要把我的孩子好好埋葬了，咱就算完事，不然的话，我就到官府告你。"医生答应带回去安葬，就把尸体装在药箱里。走到半路，医生又被一家人请去看病。他打开药箱用药时，不小心把小孩儿的尸体露了出来。主人大惊，问是怎么回事。医生说："这是别人医死了的小孩儿，我带回去医活。"

大方打幼科

原 文

大方脉①采住小儿科痛打，旁人劝曰："你两个同道中，何苦如此。"大方脉曰："列位有所不知，这厮可恶得紧。我医的大人俱变成孩子与他医，谁想他医的孩子，一个也不放大来与我医。"

注 释

①大方脉：为诊治成年人内科疾病的专科，我国古代医学十三科之一，相当于现在的内科。

译 文

有个给大人看病的医生踩住小儿科医生痛打，旁边的人劝说道："你们都是同行，何必这样呢？"给大人治病的医生说："诸位有所不知，这家伙实在太可恶。我医治的大人都投胎转世成小儿让他医，可他医的小儿，一个也不放过来给我医。"

吃白药

原 文

有终日吃药而不谢医者，医甚憾①之。一日，此人问医曰："猫生病吃甚药？"曰："吃乌药②。""然则，狗生病吃何药？"曰："吃白药③。"

注 释

①憾：怨恨。②乌药：常绿灌木。根香，可入药，有健胃作用。③白药：双关。

译 文

有个整天吃药却不给医生钱的人，医生对他很不满意。一天，这人来问医生："猫生病吃什么药？"医生说："吃乌药。"那人又问："那么，狗生病吃什么药呢？"医生说："吃白药。"

跳蚤药

 原文

一人卖跳蚤药，招牌上写出："卖上好蚤药。"问："何以用法？"答曰："捉住跳蚤，以药涂其嘴，即死矣。"

译文

有个人卖跳蚤药，招牌上写着："卖上好的跳蚤药。"买药的人问这药怎样用，卖药的说："捉住跳蚤，把药涂在它嘴上，它马上就会死。"

医　赔

原文

一医医死人儿，主人欲举讼。愿以己子赔之。一日医死人仆，家止一仆。又以赔之。夜间又有叩门者云："娘娘产里病，烦看。"医私谓其妻曰："淘气！那家想必又看中你了。"

译文

一个医生医死了人家的儿子，孩子的父亲要到官府去告他，医生只好把自己的儿子赔给他。后来这个医生又医死了人家的仆人，又把家里唯一的一个仆人赔给了人家。一天深夜，又有人来敲门，说："我老婆生孩子患了病，请医生去看看。"医生听了，私下对妻子说："真气人，那家想必是看中你了。"

看　脉

原文

有医坏人者，罚牵麦十担，牵毕，放归。次日，有叩门者曰："请先生看脉。"应曰："晓得了。你先去淘净在那里，我就来牵也。"

译 文

有个医生，医死了人，主人罚他拉磨，磨十担麦子，医生磨完后被放了回去。第二天，又有人敲门说："请医生去看病。"医生说："晓得了。你先回去把麦子准备好，我就去拉。"

幼 科

原 文

富家延①二医，一大方②，一幼科③。客至。问："二位何人？"主人曰："皆名医。"又问："哪一科？"主人曰："这是大方，这个便是小儿。"

注 释

①延：请。②大方：即大方脉，为大人看病的医生。③幼科：即小儿科，为小孩儿看病的医生。

译 文

有个富人请了两个医生：一个大方，一个幼科。来客问两位医生是谁，主人说："都是名医。"客人又问是哪一科，主人说："这是大方，这个便是小儿。"

骂

原 文

一医看病，许以无事。病家费去多金，竟不起，因恨甚，遣仆往骂。少顷归，问："曾骂否？"曰："不曾。"问："何以不骂？"仆答曰："要骂要打的人多得紧在那里，叫我如何挨挤得上？"

译 文

有个医生不学无术，病家花费了不少医药费，总是治不好病。因此，病人家十分怨恨，便让仆人到医生家去臭骂一通，出出怨气。不一会儿，仆人回来了，主人问骂了没有，仆人回答说："没有。"主人问为什么没骂，仆人回答说："要打他骂他的人一大堆，叫我如何挤得上！"

游　水

原　文

一医生医坏人，为彼家所缚。夜半逃脱，赴水遁归。见其子方读《脉诀》，遽谓曰："我儿读书尚缓，还是学游水要紧。"

译　文

有个医生医死了人，被病家用绳子捆住。医生半夜弄开了绳结，悄悄逃到河边，游水回了家。看见他的儿子正在灯下看医书，急切地对儿子说："我儿读书可缓，还是学游泳要紧。"

相　相

原　文

有善相者，扯一人要相。其人曰："我倒相着你了。"相者笑云："你相我何如？"答曰："我相你决是相不着的。"

译　文

有个善于看相的人，拉住一个人要替他看相。那人说："我倒会看你的相。"看相的笑着说："你相着我什么了？"那个人回答说："我相着你绝对是相不准的。"

讳输棋

原　文

有自负棋高者。与人角，连负三局。次日，人问之曰："昨日较棋几局？"答曰：

"三局。"又问："胜负何如？"曰："第一局我不曾赢，第二局他不曾输，第三局我本等要和，他不肯罢了。"

译文

有个人自以为棋艺高超，和别人下棋，连输三盘。第二天，有人问他："昨天下了几盘棋？"他回答道："三盘。"又问："胜负怎么样？"那人回答说："第一盘我没有赢，第二盘他没有输，第三盘我想要和棋，对方又不肯和。"

好 棋

原文

一人以好棋破产，因而为小偷，被人缚住。有相识者，见而问之。答云："彼请我下棋，嗔我棋好，遂相困耳。"客曰："岂有此理？"其人答曰："从来棋高一招，缚手缚脚。"

译文

有个人因为嗜好下棋而破了产，去做小偷，被人捉住绑在那里示众。有棋友见了，问他是怎么回事。这个人说："对方请我下棋，怪罪我棋下得好，于是把我绑在这里。"棋友说："岂有此理。"那个人答道："从来都是棋高一招，缚手缚脚。"

银匠偷

原文

一人生子，虑其难养，请一星相家算命。星士曰："关煞倒也没得，大来运限俱好。只是四柱中犯点贼星，不成正局。"那人曰："不妨。只要养得大，就叫他学做银匠。"星士曰："为何？"答曰："做了银匠，哪日不偷几分银子养家活口。"

译文

有个人生了儿子，怕不好养，便请来算卦的算命。算命先生说："关坎倒也没有，长大后命运门槛也还都好，只是四柱中犯点儿贼星，不成正局。"那人说："那倒没关系，只要养得大，就叫他学做银匠。"算命先生问："这是为什么？"那人回答说："做了银匠，哪天不偷几分银子养家糊口？"

利心重

原文

银匠开铺三日，绝无一人进门。至暮有以碎银二钱来倾者，乃落其半，倾作对充与之。其人大怒，谓其利心太重。银匠曰："天下人的利心再没有轻过如我的。开了三日店，止落得一钱，难道自己吃了饭，三分一日，你就不要还了？"

译文

有个银匠铺开业三天，没有一个人上门。一天傍晚，一个人拿了二钱碎银来熔铸，银匠偷偷地留下一半，只用一钱熔铸后交给那人。那人很生气，说银匠取利之心太重。银匠说："天下的人，取利之心再也没有比我轻的了。开了三天店只拿了一钱，难道你自己吃了饭，别人三天的死活就不管了？"

裁　缝

原文

时年大旱，太守命法官祈雨，雨不至。太守怒欲治之。法官禀云："小道本事平常，不如某裁缝最好。"太守曰："何以见得？"答曰："他要落几尺就是几尺。"

译文

有一年大旱，太守命法官求雨，结果还是没有下雨，太守很生气，要治法官的罪。法官禀报说："小道本事平常，不如请裁缝来。"太守说："何以见得？"法官答道："他要落几尺就是几尺。"

待 诏

原 文

一待诏初学剃头，每刀伤一处，则以一指掩之。已而，伤多，不胜其掩。乃曰："原来剃头甚难，须得千手观音①来才好。"

注 释

①千手观音：佛教谓观世音菩萨神通广大，为化度众生而变现种种形相。"千手千眼"乃主要形相之一，以示无苦不见，无难不救。

译 文

有个剃头匠初学剃头，每用刀刮破一处，就用一个手指按住伤口。不久，刀伤出现很多，所有指头全按上去了，头还没剃完，于是说："原来剃头这么难，只有千手观音才做得来。"

取 耳

原 文

一待诏①为人看耳，其人痛极。问曰："左耳还取否？"曰："方完，次及左矣。"其人曰："我只道就是这样取过去了。"

注 释

①待诏：此指从事掏耳朵的匠人。

译 文

有个掏耳匠为人掏耳朵，掏右耳朵时，那人喊痛，掏耳匠问道："左耳还掏吗？"掏耳匠说："右边的掏完了，再掏左耳。"那人说："我还以为你要从右边直接掏到左边呢。"

同　行

　文

　　有善刻图书者，偶于市中唤人修脚。脚已脱矣，修者正欲举刀，见彼袖中取出一袱，内裹图书刀数把。修者不知，以为剔脚刀也。遂拂然①而去。追问其故，则曰："同行中朋友，也来戏弄我。"

注　释

　　①拂然：愤怒貌。

译　文

　　有个善于刻印章的人，偶然到街上去修脚。他把鞋脱掉并伸过脚来，修脚匠正要举刀，看见那人从袖中取出一个包袱，里面装有几把刀子。修脚匠不知是刻刀，以为是剔脚刀，于是拂袖而去。这人追问其原因，修脚匠道："同行中的朋友，也来戏弄我。"

酸　酒

原　文

　　一酒家招牌上写："酒每斤八厘，醋每斤一分。"两人入店沽酒①，而酒甚酸。一人咂舌攒眉曰："如何有此酸酒，莫不把醋错拿了来？"友人忙捏其腿曰："呆子快莫做声，你看牌面上写着醋比酒更贵着哩！"

注　释

　　①沽酒：买酒。

译　文

　　有家酒店的招牌上写着："酒每斤八厘，醋每斤一分。"两个人入店买酒喝，而酒很酸。其中一人咂舌皱眉说："酒怎么这样酸，莫不是错把醋拿来了？"友人急忙捏其大腿说："呆子快别做声，你看牌子，醋比酒还贵哩！"

卖淡酒

原文

一家做酒，颇卖不去，以为家有耗神，请一先生烧楮退送。口念曰："先除鹭鸶①，后去青鸾②。"主人曰："此二鸟你退送他怎的？"先生曰："你不知，都亏这两个禽鸟会下水，遣退了他，包你就卖得去！"

注释

①鹭鸶（lù sī）：鸟类的一科，翼大尾短，嘴直而尖，颈和腿很长，常见的有"白鹭"（亦称"鹭鸶"）。②青鸾：鸟名。体大如鸡而形近孔雀，羽毛美丽，不大飞翔，常轻快行走。

译文

有户人家酿酒，因掺水卖不出去。主人以为有鬼怪作祟，于是请了一位道士烧纸画符驱逐鬼怪，那位道士口中念道："先除鹭鸶，后去青鸾。"主人说："这两种鸟，驱逐它们干什么？"先生说："你不懂，都是亏在这两种鸟会下水，遣退了它们，包你把酒卖出去。"

医 人

原文

有送医士出门者，犬适拦门而吠，主人喝之即止。医赞其能解人意。主曰："虽则畜生，倒也还会依（医）人。"

译文

有个人送医生出门，狗恰巧挡住大门冲着医生狂叫，主人骂了一句，狗就不叫了。医生称赞狗能解人意，主人说："虽然是畜生，倒也还会依（医）人。"

医按院

原文

一按院患病，接医诊视之。医惊持畏缩，错看了手背。按院大怒，责而逐之。医曰："你打便打得好，只是你脉息俱无了。"

译文

有个按院（官名）得了病，请医生来看病，医生十分担心害怕，诊脉时错按在病人的手背上。按院十分恼怒，把医生痛打了一顿，并赶他出去。医生说："打是打得好，只是你脉搏没了。"

愿脚踢

原文

樵夫担柴，误触医士。医怒，欲挥拳。樵夫曰："宁受脚踢，勿动尊手。"旁人讶之。樵者曰："脚踢未必就死，经了他的手，定然不能活。"

译文

樵夫担着柴，不小心撞到医生身上。医生大怒，要动手打樵夫。樵夫说："宁愿受脚踢，勿动尊手。"旁边的人感到不解，就问樵夫是什么原因。樵夫解释说："脚踢未必会死，若经了他的手，定难活命。"

锯箭竿

原文

一人往观武场，飞箭误中其身。迎外科治之。医曰："易事耳。"遂用小锯锯外竿，即索谢辞去。问："内截如何？"答曰："此是内科的事。"

译　文

有个人去武场观看比赛，身上误中一箭。找外科医生来为他治病，医生说："小事一桩。"于是用锯子锯掉体外的箭竿，就索要费用打算离开。有人问："留在体内的箭竿怎么办？"医生回答说："这是内科医生的事。"

退　热

原　文

有小儿患身热，请医服药而死。父请医家咎之，医不信，自往验视。抚儿尸谓其父曰："你太欺心，不过要我为他退热，今身上幸已凉的了，倒反来责备我。"

译　文

有一个小孩儿发高烧，请医生诊治，吃了医生的药后就死了。小孩儿的父亲到医生家里责怪医生，医生不信，亲自来到小孩家里验看。抚摸着小孩的尸体，对小孩的父亲说："你也太欺负人了，我只不过要给他退热，现在医得全身都冰凉了，你反倒来责怪我。"

炙　坛

原　文

有以酸酒饮客者，个个攒眉，委吞不下。一人嘲之曰："此酒我有易他良法，使他不酸。"主人曰："请教。"客曰："只将酒坛覆转向天，底上用艾火连炙七次，明日拿起，自然不酸。"主曰："岂不倾去漏干了？"客曰："这等酸酒，不倾去要他做甚！"

译　文

有个人用酸酒招待客人。客人喝了酒，个个皱眉，实在难以下咽。有个人嘲讽说："我有好办法，让这种酒变得不酸。"主人急忙请问有什么好办法。那人说："只要把酒坛子底朝天翻过来，底下用艾火连烤七次，到第二天拿起，自然就不酸了。'主人说："那样的话，酒岂不漏完了？"那人说："这么酸的酒，不倒掉要它做什么？"

着 醋

原 文

有卖酸酒者，客上店谓主人曰："肴只腐菜足矣，酒须要好的。"少顷，店主问曰："菜中可要着醋？"客曰："醋滴菜心甚好。"又问曰："腐内可要放些醋？"客曰："醋烹豆腐也好。"再问曰："酒内可要醋否？"客讶曰："酒中如何着得醋？"店主攒眉曰："怎么处？已着下去了。"

译 文

有一家酒馆卖的酒很酸。有一客人来到店里，对店主说："只要青菜豆腐就可以了，酒一定要上好的。"不一会儿，店主来问："菜里放不放醋？"客人说："醋滴到菜心里也挺好。"店主又问："豆腐里放不放醋？"客人说："醋熘豆腐也可以。"店主再问："酒里放不放醋？"客人惊讶地说："酒中怎么能放醋呢？"店主故意皱皱眉说："哎呀，这可怎么办？醋已经放进去了。"

浼①匠迁居

原 文

一人极好静，而所居介于铜、铁两匠之间，朝夕聒耳②，甚苦之。常曰："此两家若有迁居之日，我宁可做东款谢。"一日，二匠并至曰："我等欲迁矣，足下素许东道，特来叩领。"其人大喜，遂盛款之。席间问之曰："汝两家迁往何处？"答曰："他搬至我屋里，我即搬至他屋里。"

注 释

①浼（měi）：央求，请求。②聒耳：指声音刺耳。

译 文

有一个人，非常喜欢安静，他的左右邻居却一个是铜匠、一个是铁匠，从早到晚噪音刺耳，他感到非常痛苦。因此，他常常说："如果这两家肯搬迁的话，我宁愿做东设宴

来款谢他们。"有一天，铜匠和铁匠一起来到他家，对他说："我们准备搬迁了，你原来就许下愿，说愿意为我们搬迁做东，所以，今天我们特来领受的。"那个人非常高兴，马上就准备了丰盛的酒席来款待铜匠和铁匠。席间，他问铜匠和铁匠："你们两家准备搬到哪里去呢？"铜匠和铁匠回答说："他搬到我屋里，我就搬到他屋里。"

抬 柩

原 文

一医生医死人，主家愤甚。呼群仆毒打，医跪求至再。主曰："私打可免，官法难饶。"即命送官惩治。医畏罪，哀曰："愿雇人抬，往殡殓。"主人许之。医苦家贫，无力雇募。家有二子，夫妻四人共来抬柩。至中途，医生叹曰："为人切莫学行医。"妻咎夫曰："为你行医害老妻。"幼子云："头重脚轻抬不起。"长子曰："爹爹，以后医人拣瘦的。"

译 文

有一个医生，把病人医死了，主人非常气愤，喊来家里的仆人要毒打医生，医生跪下再三求饶。最后，主人说："私打可免，可是官法难容。"于是，就把医生押到官府治罪。医生害怕被治罪，便哀声求告说："我愿意雇人把死者抬去殡殓了。"主人同意了。然而，医生家里很贫穷，没有钱雇人，家里有两个儿子。于是，他们夫妻、儿子四个人便一起来抬柩。抬到中途，医生感叹地说："为人切莫学行医。"妻子责怪丈夫说："为你行医害老妻。"小儿子说："头重脚轻抬不起。"大儿子却劝父亲说："爹爹，以后医人拣瘦的。"

小犬窠[1]

原 文

有人畜一金丝小犬，爱同珍宝。恐其天寒冻坏，内外各用小棉褥铺成一窠，使其好睡。不意此犬一日竟卧于儿篮内，主人见之大笑曰："这畜生好作怪，既不走内窠，又不往外窠，倒钻进小儿窠里去了。"

注 释

①窠：巢穴。

译 文

有个人养了一只金丝小狗，爱如珍宝。因天寒害怕小狗冻坏，内外各用小棉褥铺成一窠，让小狗得以睡好。有一天不料此狗竟然趴在儿子的睡篮里。主人见了大笑说："这畜生好能作怪，既不去内窠，又不到外窠，便钻进小儿窠里去了。"

不 着

原 文

街市失火，延烧百余户。有星相二家欲移物以避。旁人止之曰："汝两家包管不着，空费搬移。"星相曰："火已到矣，如何说这太平话？"曰："你们从来是不着的，难道今日反会着起来？"

译 文

街市失火，蔓延烧了百余家。有两家算卦的要搬移家物来避火。旁边的人劝止说："你两家包管不着，搬移白费工夫。"算卦的说："火已烧到了，为何说这太平话？"旁边的人说："你们从来是不着的，难道今天反会着起来？"

胡须像

原 文

画士写真既就①，谓主人曰："请执途人而问之，试看肖否？"主人从之。初见一人问曰："那一处最像？"其人曰："方巾最像。"次见一人，又问曰："哪一处最像？"其人曰："衣服最像。"及见第三人，画士嘱之曰："方巾、衣服都有人说过，不劳再讲，只问形体何如？"其人踌躇半晌，曰："胡须最像。"

注 释

①就：完成。

译 文

有个绘画的为人画完了像，对主人说："请拿给过路人看看，验证一下像不像。"主人依从让路人看。见到第一个人问道："哪一处最像？"那人答："方巾最像。"接着问第二人："哪一处最像？"第二人说："衣服最像。"待见到第三人，绘画的叮嘱他说："方巾、衣服都有人说过，不劳您讲，只问形体像不像？"第三人看了半晌说："胡须最像。"

三名斩

原 文

朝廷新开一例，凡物有两名者充军，三名者斩。茄子自觉双名，躲在水中。水问曰："你来为何？"茄曰："避朝廷新例。因说我有两名，一名茄子，一名落苏①。"水曰："若是这等，我该斩了：一名水，二名汤，又有那天灾人祸②的放了几粒米，把我来当酒卖。"

注 释

①落苏：即茄子。
②天灾人祸：骂人的话，指害人精。

译 文

朝廷制定一个法规，凡物有两个名称者充军，有三个名称的斩。茄子觉得自己是双名，便躲藏在水里。水问茄子道："你来干什么？"茄子回答说："躲避朝廷新例，因为他们说我有两个名称，一个是茄子，一个是落苏。"水说："如果是这样，我该斩了，我一叫水，二叫汤，又有那害人精放了几粒米，把我当酒卖。"

酒 娘

原文

人问："何为叫做酒娘？"答曰："糯米加酒药成浆便是。"又问："既有酒娘。为甚没有酒爷？"答曰："放水下去，就是酒爷。"其人曰："若如此说，你家的酒是爷多娘少了。"

译文

甲问乙什么叫酒娘，乙回答说："糯米加酒药成浆便是。"甲又问："既然有酒娘，为啥没有酒爷。"乙回答说："放水下去就是酒爷。"甲说："如果这样说，你家的酒是爷多娘少了。"

走 作

原文

一店中酿方熟，适有带巾者过。揖入使尝之。尝毕曰："竟有些像我。"店主知其秀才也，谢去之。少焉，一女子过，又使尝之。女子亦曰："像我。"店主曰："方才秀才官人说'像我'，是酸意了。你也说'像我'，此是为何？"女子曰："无他，只是有些走作①。"

注释

①走作：越规。

译文

有个酒坊酿酒刚好，正巧有个戴头巾的人路过，那人作揖后进来请求给他尝些，尝后说："竟然有些像我。"店主一听，知其是秀才。不一会儿，一女子经过，又让女子尝了一些。女子也说："像我。"店主说："秀才刚刚说'像我'，我便知道是'酸意'了，你也说'像我'，这是为什么？"女子回答说："没有别的，只是有些走作。"

精彩 点拨

　　术业部的笑话，对不同的行业，从不同的角度，选取了具有代表性的人和事进行讽刺、挖苦，有讽刺大夫的、有挖苦厨师的、有讽刺算命的、有挖苦梳头的、有讽刺裁缝的、有挖苦小偷的、有讽刺下棋的、有挖苦银匠的等等。宛然一幅市井百态街坊全图，可谓是百态笑话集锦。

阅读 积累

白 药

　　白药，为白色粉末，在药物领域，是一种中药成药。能治出血疾患、跌打损伤等，也是一种中草药的名称。

　　白药，为毛茛目、毛茛科、乌头属的一种植物，产于中国云南省。白药块根胡萝卜形，茎直立，下部无毛，上部疏被反曲短柔毛。叶互生，几无毛，粗壮，具短鞘。总状花序有多数密集的花，花两性，两侧对称。种子多数。花期9月，果期10月。

卷三 腐流部

精彩导读

　　腐流部是《笑林广记》的第五部，主要是对当时盛行的道学进行讽刺。道学们讲究"饿死事小，失节事大"之类，对于男女生活之事更加看重。即使亲女出嫁、洞房花烛，道学丈人仍然斥之为"放肆"。编者选取古代很多道学案例，进行讥讽、挖苦、嘲笑学究迂腐之人之事。

厮 打

　　教官子与县丞子厮打，教官子屡负，归而哭诉其母。母曰："彼家终日吃肉，故恁般强健会打。你家终日吃腐，力气衰微，如何敌得他过？"教官曰："这般我儿不要忙，等祭过了丁^①，再与他报复便了。"

　　①此句意为：等祭过孔子就可以得到供品了。

译 文

　　教书先生的儿子与县官的儿子打架，教书先生的儿子总是吃亏，回家后向母亲哭诉。母亲说："人家整天吃肉，自然身强力壮，咱们家整天吃豆腐，当然体瘦力弱，怎么能打得过他呢？"教书先生说："这样，我儿不要着急，等祭过了孔子，再找他报仇就是了。"

钻刺

原文

鼠与黄蜂为兄弟，邀一秀才做盟证，秀才不得已往，列为第三人。一友问曰："兄何居乎鼠辈之下？"答曰："他两个一会钻，一会刺，我只得让他些罢了。"

译文

鼠和黄蜂结拜为兄弟，邀请一个秀才去做证，秀才不得已去了，只被排在第三位。朋友问他："老兄为何甘心居于鼠辈之下？"秀才回答说："他们两个一个会钻，一个会刺，我只得让着他们些了。"

证孔子

原文

两道学先生议论不合，各自诧真道学而互诋为假，久之不决，乃请证于孔子。孔子下阶，鞠躬致敬而言曰："吾道甚大，何必相同。二位老先生皆真正道学，丘素所钦仰，岂有伪哉。"两人各大喜而退。弟子曰："夫子何谀之甚也？"孔子曰："此辈人哄得他动身就够，惹他怎么！"

译文

有两个道学先生观点不同，都说自己是真道学，别人是假道学，争论不休，于是请孔子给判断一下。孔子走下台阶，鞠躬致敬说道："吾道甚大，何必相同。二位老先生都是真正道学，我一直都很钦佩景仰，哪会有假呢？"两人欢欢喜喜地回去了。孔子的学生对孔子说："你奉承他们为何那样厉害呢？"孔子回答说："这种人哄得走就行了，惹他干什么！"

三 上

原文

一儒生，每作文字谒先辈。一先辈评其文曰："昔欧阳公作文，自言多从三上得来，子文绝似欧阳第三上得者。"儒生极喜。友见曰："某公嘲尔。"儒生曰："比我欧阳，何得云嘲？"答曰："欧阳公三上，谓枕上、马上、厕上；第三上，指厕也。"儒生方悟。

译文

有一个秀才，每次做完文章都拜请前辈指教。一位前辈评价他的文章说："古有欧阳公作文，自己说大多是从三上得来，你的文章特别像欧阳公第三上得到的那样。"秀才特别高兴。他的朋友听见了，对他说："那人是在嘲笑你。"秀才问："把我比作欧阳，怎么能说是嘲笑我呢？"朋友回答说："欧阳先生的三上，说的是：枕上、马上、厕上；第三上，指厕所呀。"秀才这时才明白人家是在讥笑他。

盗 牛

原文

有盗牛被枷①者，亲友问曰："汝犯何罪至此？"盗牛者曰："偶在街上走过，见地下有条草绳，以为没用，误拾而归，故连此祸。"遇者曰："误拾草绳，有何罪犯？"盗牛者曰："因绳上还有一物。"人问："何物？"对曰："是一只小小耕牛。"

注释

①枷：古代刑法，将犯人上枷，写明罪状示众。

译文

有一个人偷了别人的牛，被披枷戴锁示众，一个亲友看见了，就问他："你到底犯了什么罪，竟然到了这种地步？"偷牛的人说："我从街上走过，偶然看见地面上有一根草绳，以为是没用的东西，就误把它捡起来拿回家了，没想到竟会遭到这种灾祸。"有个过

路人听见了说："误捡了一根草绳，犯了什么罪呢？"偷牛的人说："因为绳子上面还有一样东西。"过路人问他是什么东西。偷牛的人回答说："是一头小小的耕牛。"

缠 住

原 文

一螃蟹与田鸡结为兄弟，各要赌跳过涧①，先过者居长。田鸡溜便早跳过来，螃蟹方行，忽被女子撞见，用草捆住。田鸡见他不来，回转唤云："缘何还不过来？"蟹曰："不然几时来了，只因被这歪刺骨②缠住在此，所以耽迟来不得。"

注 释

①涧：夹在两山之间的水沟。这里指小水沟。
②歪刺骨：骂人的话，相当于"不正经的人"。

译 文

一只螃蟹和一只青蛙要结拜为兄弟，它们打赌跳水沟，谁先过去谁就是兄长。青蛙只一跳就早早地过了水沟。螃蟹刚要走，忽然被一个女人用草把它捆住了。青蛙见螃蟹迟迟不过来，便转身叫道："什么原因，为什么还不过来？"螃蟹回答说："只因为被这个贱人缠住在这里，所以给耽误了，迟迟不能过来。要不然，早就过来了。"

醵 金

原 文

有人遇喜事，一友封分金一星①往贺。乃密书封内云："现五分，赊五分。"已而此友亦有贺分。其人仍以一星之数答之，乃以空封往，内书云："退五分，赊五分。"

注 释

①一星：极少的一点儿。

译文

有个人家里办喜事，他的一位朋友给他送的贺礼只有极少的一点儿，贺礼的信封里面有一张纸，上面写着："现金五分，赊五分。"过了不久，那位朋友的家里也有喜事，他也用极少的一点儿贺礼来回敬。于是，他封了一封空的贺礼，里面用信纸写着："退五分，赊五分。"

露水桌

原文

一人偶见露水桌子，因以指戏写"谋篡"字样。被一仇家见之，夺桌就走，往府首告。及官坐堂，露水已为日色曝干，字迹减去，官问何事，其人无可说得，慌曰："小人有桌子一堂，特把这张来看样，不知老爷要买否？"

译文

有一个人偶然看到一张桌子满是露水，于是就用手指头在桌面上写了"谋篡"等字闹着玩。没想到被一个仇人看见了，仇人夺过桌子就走，前往官府去告发。等到官员上堂时，露水已经被太阳晒干，字迹已经消失。官员问他有什么事情，他无话可说，便慌慌张张禀告说："小人有许多这样的桌子，特拿了一张来给老爷看看样，不知道老爷是否要买？"

僧士诘辩

原文

秀才诘问和尚曰："你们经典内'南无'二字，只应念本音，为何念作'那摩'？"僧亦回问云："相公四书上'於戏'二字，为何亦读作'呜呼'？如今相公若读'於戏'，小僧就念'南无'；相公若是'呜呼'，小僧自然'那摩'。"

译文

秀才责问和尚说："你们经典内'南无'二字，只应该念作本音，为什么念作'那

摩'？"和尚也反问说："四书上'於戏'二字，为何也读作'呜呼'？现今你如果读成'於戏'，我就念'南无'；你如果念成'呜呼'，我自然念成'那摩'。"

识 气

原 文

一瞎子双目不明，善能闻香识气。有秀才拿一《西厢记》与他闻。曰："《西厢记》。"问："何以知之？"答曰："有些脂粉气。"又拿《三国志》与他闻。曰："《三国志》。"又问："何以知之？"答曰："有些兵气。"秀才以为奇异。却将自作的文字与他闻。瞎子曰："此是你的佳作。"问："你怎知？"答曰："有些屁气。"

译 文

有个盲人，擅长闻香识别气味。有个秀才拿《西厢记》给他闻，盲人说："《西厢记》。"秀才问盲人凭什么猜到的，盲人回答说："因为有脂粉的气味。"秀才又拿《三国志》给他闻，盲人说："《三国志》。"秀才又问凭什么猜到的，盲人回答说："因为有兵器味。"秀才感到十分奇怪惊异，便将自作的文章给他闻，盲人说："这是你的佳作。"秀才问："何以知道？"盲人回答说："有些屁味。"

后 场

原 文

宾主二人同睡，客索夜壶。主人说："在床下，未曾倒得。"只好棚①过头一场，后场断断再来不得了。

注 释

①棚：考棚，童生考秀才时进行院试时的考场。

译 文

主人和客人睡在一屋内，客人找夜壶。主人说："在床下，没有倒掉。"客人只能经过头一场，后场肯定再来不得了。

借　粮

原文

　　孔子在陈绝粮，命颜子往回回国借之。以其名与国号相同，冀有情熟。比往通讫，大怒曰："汝孔子要攘①夷狄，怪俺回回，平日又骂俺回之为人也择（择贼同音）乎！"粮断不与。颜子怏怏而归。子贡请往，自称平昔极奉承。常曰："赐也何敢望回回。"群回大喜。以白粮一担，先令携去，许以陆续运付。子贡归，述之夫子。孔子攒眉曰："粮便骗了一担，只是文理不通。"

注释

　　①攘：排斥，驱逐。

译文

　　孔子带着弟子在陈国不被陈国容纳，师生饿得发慌，孔子就叫颜回到回回国去借粮，考虑到颜回的回与回回国的名号一样，会有亲情之感，一定会成功。颜回到了回回国通报毕，酋长大怒说："孔子要驱逐我们，还骂我们是贼（择）。"不给借粮。颜子垂头丧气回来。弟子子贡请求去借粮，见了回回国酋长，极尽奉承，并用孔子的一句话"赐也何敢望回回"，博得回回高兴，给白面一担，叫他先带回去，以后还要陆续运去。子贡回来告诉孔子，孔子皱紧眉毛说："粮虽然骗了一担，只是文理不通。"

杨相公

原文

　　一人问曰："相公尊姓？"曰："姓杨。"其人曰："既是羊，为甚无角？"士怒曰："呆狗入出的。"那人错会其意，曰："嘎！"

译文

　　一个人问另一个人："贵姓？"那人答："姓杨。"这人说："既然是羊，怎么没有角？"那人怒骂道："呆狗入出的。"这人会错了意说："哦！原来如此！"

无一物

原文

穷人往各寺院,窃取神物灵心。止有土地庙未取,及去挖开,见空空如也。乃骇叹曰:"看他巾便戴一顶,原来腹中毫无一物!"

译文

有个穷人到各寺院窃取神物灵心,仅有土地庙未取,等到挖开土地庙,见空空如也,于是惊叹说:"看他巾倒是戴了一顶,原来腹中毫无一物!"

穷秀才

原文

有初死见冥王者,王谓其生前受用太过,判来生去做一秀才,与以五子。鬼吏禀曰:"此人罪重,不应如此善遣。"王笑曰:"正惟罪重,我要处他一个穷秀才,把他许多儿子,活活累杀他罢了。"

译文

有个刚刚死去的人,见到了阎王,阎王说他生前受用太过,判来生去做一秀才并生养五个儿子。鬼吏禀报说:"此人罪重,不该对其如此行善道。"阎王笑着说:"正因为其罪重,我要判他来生做个穷秀才,让他许多儿子活活累死他。"

凑不起

原文

一士子赴试。艰于构思。诸生随牌俱出。接考者候久。甲仆问乙仆曰:"不知作文一篇,约有多少字?"乙曰:"想来不过五六百。"甲曰:"五六百字,难道胸中便没有了,此时还不出来?"乙曰:"五六百字虽有在肚里,只是一时凑不起来耳。"

译 文

有个人应考，深感构思艰难，始终不能成篇。许多考生都出了考场，接他的人等候他已有很长时间，甲仆问乙仆说："不知道做一篇文章，约用多少字？"乙回答说："想来不超过五六百。"甲说："五六百字，难道肚里还没有？为何此时还不出来？"乙回答说："肚里虽然有五六百字，只是一时凑不起来呀！"

不完卷

原 文

一生不完卷，考了四等，受杖。对友曰："我只缺得半篇。"友云："还好，若做完，看了定要打杀。"

译 文

有个考生未做完试卷，判为四等受到杖罚。考生对其朋友说："我只不过缺了半篇。"朋友回答道："还好，如果做完，看了定要被打死。"

求 签

原 文

一士岁考求签。通陈曰："考在六等求上上，四等下下。"庙祝曰："相公差矣。四等止杖责，如何反是下下？"士曰："非汝所知，六等黜退①，极是干净。若是四等，看了我的文字，决被打杀。"

注 释

①黜退：贬黜。

译 文

有个人参加岁考后算命求签，祈求说："考在六等最好，考在四等最不好。"庙里

管签人说："你错了。考在四等只受到杖罚，怎么反是最不好？"那个人说："你有所不知，考在六等赶出去极为痛快。如果考在四等，看了我写的东西，一定会被打死。"

梦入泮

府取童生祈梦。"考可望入泮①否？"神问曰："汝祖父是科甲否？"曰："不是。"又问："家中富饶否？"曰："无得。"神笑曰："既是这等，你做甚么梦！"

注 释

①入泮（pàn）：考中秀才。

译 文

官府考取秀才，有个人考前祈梦说："不知考试能否考中？"神问道："你祖父是否科甲出身？"回答说："不是。"又问："家中富裕吗？"回答说："不富裕。"神笑道："既是这样，你做什么梦！"

谒孔庙

原 文

有以银钱夤缘①入泮者，拜谒孔庙。孔子下席答之。士曰："今日是夫子弟子礼，应坐受。"孔子曰："岂敢，你是孔方兄②的弟子，断不受拜。"

注 释

①夤缘：攀附上升，比喻拉拢关系，向上巴结。②孔方兄：铜钱孔方形。

译 文

有个用钱买通入学的人，拜谒孔庙，孔子从神座上下来答谢。那个人说："今天是您的弟子拜您，您应该坐在神座上接受礼拜。"孔子说："岂敢，你是孔方兄的弟子，绝对不能受拜。"

狗头师

原文

馆师岁暮买舟回家。舟子问曰："相公贵庚①？"答曰："属狗的，开年已是五十岁了。"舟人曰："我也属狗，为何贵贱不等？"又问："哪一月生的？"答曰："正月。"舟子大悟曰："是了是了，怪不得！我十二月生，是个狗尾，所以摇了这一世。相公正月生，是狗头，所以教（叫）了这一世。"

注释

①贵庚：问人年龄的敬词。

译文

有个教书先生乘船回家。艄公问他："您多大年纪了？"先生回答说："属狗的，过了年就是五十岁了。"艄公说："我也属狗，为什么你我贵贱不同？"艄公又问先生哪个月生的，先生回答说："正月。"艄公一听恍然大悟，说："对了，对了，怪不得我们贵贱不同，这是因为我生在十二月，是个狗尾，所以摇了这一生；你是正月生的，是个狗头，所以教（叫）了这一生。"

狗坐馆

原文

一人惯说谎。对亲家云："舍间有三宝，一牛每日能行千里；一鸡每更止啼一声；又一狗善能读书。"亲家骇云："有此异事，来日必要登堂求看。"其人归与妻述之。"一时说了谎，怎生回护？"妻曰："不妨，我自有处。"次日，亲家来访，内云："早上往北京去了。"问几时回？答曰："七八日就来的。"又问为何能快，曰："骑了自家牛去。"问："宅上还有报更鸡？"适值亭中午鸡啼，即指曰："只此便是，不但夜里报更，日闻生客来也报的。"又问："读书狗请借一观。"答曰："不瞒亲家说，只为家寒，出外坐馆去了。"

译 文

有个人惯说谎话，对亲家说："家里有三宝：一牛每日能行千里，一鸡每更只啼一声，又有一狗擅长读书。"亲家听了十分震惊，说："有此奇特的事，来日一定要登门看看。"好说谎的人回家后把自己说的谎话告诉了妻子，并为一时说了谎不好圆场而犯愁。妻子说："不怕，我自有办法。"第二天亲家来访，说谎人的妻子说："丈夫早上到京城去了。"亲家问几时回来，回答说："七八天就回来。"亲家又问："怎能那么快就回来？"回答说："骑了自家的牛去的。"亲家问："你家里的报更鸡呢？"这时，院子里正好有鸡啼鸣，说谎人的妻子马上指其说："那只鸡便是，不但夜里啼鸣报更，白天听到客人来也要报的。"亲家又问："读书狗请让我看一看。"回答说："不瞒亲家说，只因家寒，那狗出外住馆教书去了。"

讲　书

原 文

一先生讲书，至"康子馈药"。徒问："是煎药是丸药？"先生向主人夸奖曰："非令郎美质不能问，非学生博学不能答。上节'乡人傩'，傩的自然是丸药。下节又是煎药。不是用炉火，如何就'厩①焚'起来！"

注 释

①厩（jiù）：马棚。

译 文

有个先生讲书讲到康子赠药时，学生问是煎药还是丸药，先生向主人夸奖道："要不是你的儿子聪明绝顶，不能问出这样的问题；要不是学识渊博，不能回答这样的问题。上一节讲'乡人傩'，举行驱疫逐鬼的活动，用的自然是丸药，下节肯定用的是煎药，否则炉火怎么会把马棚燃烧起来呢？"

请先生

原 文

一师惯谋人馆，被冥王访知，着夜叉拿来。师躲在门内不出。鬼卒设计哄骗曰：

"你快出来，有一好馆请你。"师闻有馆，即便趋出，被夜叉擒住。先生曰："看你这鬼头鬼脑，原不像个请先生的。"

有个教书先生一向好图谋到富贵人家教书，其劣行被冥王知道了，便让夜叉去捉拿他。先生躲在门内不出来，鬼卒设计哄骗说："你快点儿出来，有个好地方请你去教书。"先生听了，立即跑出来，被夜叉擒住。先生说："看你这鬼头鬼脑，本来就不像请先生的。"

兄弟延师

有兄弟两人，共延一师，分班供给。每交班，必互嫌师瘦，怪供给之不丰。于是兄弟交师于约。师轮至日，即称斤两以为交班肥瘦之验。一日，弟将交师于兄，乃令师餐而去，即上秤，师偶撒一屁。乃咎之曰："秤上买卖，岂可轻易撒出。说不得原替我吃了下去。"

有兄弟二人，请了一个教书先生，膳食轮流供给。每次轮换时，兄弟两人都嫌教书先生体瘦，责怪对方膳食不好。于是兄弟俩约定，等到轮换之日，用秤称一下教书先生的体重作为轮换时肥瘦的凭证。一天，弟弟欲将教书先生交给哥哥，于是令教书先生饱食后再去称量。到了称体重的时候，教书先生碰巧放了一屁，弟弟立即责怪说："秤上买卖，岂可轻易放出，快替我吃了下去。"

退束脩

原文

一师学浅。善读别字，主人恶之。与师约，每读一别字，除脩一分。至岁终，退除将尽。止余银三分，封送之。师怒曰："是何言兴，是何言兴！"主人曰："如今再扣二分，存银一分矣。"东家母在旁曰："一年辛苦，半除也罢。"先生近前作谢曰："夫人不言，言必有中[①]。"主人曰："恰好连这一分，干净拿进去。"

注 释

①夫人不言，言必有中：孔子赞赏闵子骞的话，"夫人"是指"此人"的意思。

译 文

有个教书先生爱读别字，主人很讨厌他。便和先生约定，每读一别字去掉酬金一分。到了年终的时候，按照约定扣除念别字的罚金，酬金只剩三分银子，主人送给先生，先生大怒说："是何言舆（兴），是何言舆（兴）［应读与］？"主人说："现在又扣二分，仅存银一分了。"主人的妻子在旁边说："一年辛苦，除掉酬金一半就行了。"先生上前作谢说："夫人不言，言必有中。"主人说："恰好连这一分全都拿回去。"

赤壁赋

原 文

庸师惯读别字。一夜，与徒讲论前后《赤壁》两赋，竟念"赋"字为贼字。适有偷儿潜伺窗外，师乃朗诵大言曰："这前面《赤壁贼》呀。"贼大惊，因思前面既觉，不若往房后穿窬①而入。时已夜深，师讲完，往后房就寝。既上床，复与徒论后面《赤壁赋》，亦如前读。偷儿在外叹息曰："我前后行藏，悉被此人识破，人家请了这样先生，看家狗都不消养得了！"

注 释

①穿窬（yú）：钻洞和爬墙（多指偷窃）。

译 文

有个平庸的教书先生好读别字。一天晚上为学生讲授《赤壁》前后两赋，竟把"赋"字念成"贼"字。正巧有个小偷潜藏在窗外，教书先生高声朗诵道："这前面《赤壁贼》呀。"小偷十分惊慌，心想房前已被人察觉，不如到房后穿越而入。此时夜已深，教书先生已经讲完，到后房就寝。上床后又与学生论后面《赤壁赋》，如前读成"赤壁贼"，小偷在房外听后叹息道："我前后行踪都被此人识破，人家请了这样的先生，看家狗都不需要养了！"

於戏左读

原 文

有蒙训者，首教《大学》。至"於戏前王不忘"句，竟如字①读之。主曰："误矣，宜读作'呜呼'。"师从之。至冬间，读《论语》注："傩虽古礼而近於戏。"乃读作呜呼。主人曰："又误矣，此乃於戏也。"师大怒，诉其友曰："这东家甚难理会。只'於戏'两字，从年头直与我拗到年尾。"

注 释

①如字：一字有两个或两个以上读音，依本音读叫"如字"。

译 文

有个启蒙先生，先教《大学》篇，讲到"於戏前王不忘"句，竟然按字读音。主人说："错了，应读成'呜呼'。"教书先生听从了主人的意见。到了冬天，读《论语》注"傩虽古礼而近於戏"，教书先生把"於戏"读作"呜呼"。主人说："又错了，此处应读成'於戏'。"教书先生十分恼怒，向其朋友诉说道："这东家真难伺候，只'於戏'两字，从年初一直跟我拗到年末。"

中 酒

原 文

一师设教，徒问"大学之道，如何讲？"师佯醉曰："汝偏拣醉时来问我。"归与妻言之。妻曰："《大学》是书名，'之道'是书中之道理。"师颔之。明日，谓其徒曰："汝辈无知，昨日乘醉便来问我，今日我醒，偏不来问，何也？汝昨日所问何义？"对以"《大学》之道"。师如妻言释之。弟子又问："'在明明德'如何讲？"师遽①捧额曰："且住，我还中酒在此。"

注 释

①遽（jù）：急忙。

译文

有个先生执教，弟子问"《大学》之道"如何讲，先生假装醉酒说："你偏找我醉酒的时候来问我。"先生回家后对妻子讲了白天弟子所求教的问题，妻子说："《大学》是书名，'之道'是书中道理。"先生点头称是。第二天先生对弟子说："你们无知，昨天乘我醉酒时来问我，今天我酒醒了，偏又不来问，为什么？你昨天所问的是什么问题？"弟子回答说是"《大学》之道"。先生按照妻子的话讲解了什么是"《大学》之道"。弟子又问："'在明明德'，如何讲？"先生急忙捧住脑袋说："暂且停止，我现在又醉了。"

先生意气

原文

主人问先生曰："为何讲书总不明白？"师曰："兄是相知的，我胸中若有，不讲出来，天诛地灭！"又问："既讲不出，也该坐定些。"答云："只为家下不足，故不得不走。"主人云："既如此，为甚供给略淡泊，就要见过？"先生毅然变色曰："若这点意气没了，还像个先生哩！"

译文

主人问教书先生道："为什么讲书总不明白？"先生说："你是了解我的，我胸中如果有，不讲出来，天诛地灭。"主人又问："既然讲不出，也该坐稳些。"先生回答说："只因为家中不足，故不得不走动。"主人说："既然这样，为什么饮食供给稍差点儿，就牢骚满腹？"教书先生陡然变色说："如果这点儿意气没了，还像个先生吗？"

梦周公

原文

一师昼寝，而不容学生瞌睡，学生诘之。师谬言曰："我乃梦周公耳。"明昼，其徒亦效之，师以戒方击醒曰："汝何得如此？"徒曰："亦往见周公耳。"师曰："周公何语？"答曰："周公说，昨日并不曾会见尊师。"

译 文

有个教书先生，白天睡觉，而不允许学生瞌睡。学生反问先生为何白天睡觉，先生谎骗道："我是梦周公去了。"第二天白天，其弟子也仿效先生白天睡觉，先生用戒尺击醒学生说："你为何这样？"弟子说："我也去见周公。"先生说："周公说了什么？"弟子回答说："周公说昨天不曾会见尊师。"

问　馆

原 文

乞儿制一新竹筒，众丐沽酒称贺。每饮毕，辄呼曰："庆新管酒干。"一师正在觅馆①，偶经过闻之，误听以为庆新馆也。急向前揖之曰："列位既有了新馆，把这旧馆让与学生罢！"

注 释

①觅馆：寻找教书的人家。

译 文

有个乞丐做了一个新竹筒，许多乞丐买酒相庆贺。每当喝完一竹筒，就欢呼喊道："庆新管酒干。"有个教书先生正在觅馆，偶然经过听到乞丐欢呼，误听为庆新馆也，急忙上前向众乞丐作揖道："诸位既然有了新馆，把这旧馆让给学生我吧！"

改　对

原 文

训蒙先生出两字课与学生对曰："马嘶。"一徒对曰："鹏奋。"师曰："好，不须改得。"又一徒曰："牛屎。"师叱曰："狗屁！"徒亦揖而欲行，师止之曰："你对也不曾对好，如何便走？"徒曰："我对的是'牛屎'，先生改的是'狗屁'。"

有个教幼童的先生出两字题让学生对，先生说："马嘶。"一弟子对说："鹏奋。"先生说："好，不须再改。"又一个弟子对道："牛屎。"先生叱责说："狗屁！"弟子揖礼想要退下，先生让其停下说："你对也不曾对好，为什么便要离去？"弟子说："我对的是'牛屎'，先生改的是'狗屁'。"

挞①徒

馆中二徒，一聪俊，一呆笨。师出夜课，适庭中栽有梅树。即指曰："老梅。"一徒见盆内种柏，应声曰："小柏。"师曰："善。"又命一徒："可对好些。"徒曰："阿爹。"师以其对得胡说，怒挞其首。徒哭曰："他小柏（伯）不打，倒来打阿爹。"

①挞（tà）：用鞭棍等打人。

有个先生教两个学生，一个学生聪明，一个学生呆笨。晚上先生教对子，正巧庭院中栽有梅树，于是指着说："老梅。"一个学生见到盆中种柏，应声答道："小柏。"先生说："对得好。"先生又让另一个学生对，学生应对道："阿爹。"先生因其胡对，怒打其头，学生哭着说："先生不打他'小伯'，倒来打'阿爹'。"

咬 饼

一蒙师见徒手持一饼。戏之曰："我咬个月湾与你看。"既咬一口。又曰："我再咬个定胜①与你看。"徒不舍，乃以手掩之。误咬其指。乃呵曰："没事，没事，今日不要你念书了，家中若问你，只说是狗夺饼吃，咬伤的。"

注 释

①定胜：古代棺材和盖接缝处所用的木楔。

译 文

有个教幼童的先生看见弟子手拿一饼，便对弟子开玩笑说："我咬个月牙给你看。"接着咬了一口。之后又说："我再咬个定胜给你看。"弟子不给，并用手遮掩住饼。先生又咬一口，误伤弟子手指。于是哄弟子说："没事没事，今天不让你念书了，家里人如果问你为何手指有伤，你只说是狗抢饼吃，咬伤的。"

是 我

原 文

一师值清明放学，率徒郊外踏青①。师在前行，偶撒一屁，徒曰："先生，清明鬼叫了。"先生曰："放狗屁！"少顷，大雨倾盆。田间一瓦，为水淹没，仅露其背。徒又指谓先生曰："这像是个乌龟。"师曰："是瓦（瓦我同音）。"

注 释

①踏青：清明节前后郊野游览的习俗。旧时并以清明节为踏青节。

译 文

有个教书先生逢清明放学，带弟子到郊外踏青。先生在前边走，偶然放了一屁，弟子说："先生，清明鬼叫了。"先生说："放狗屁。"不一会儿，大雨倾盆，田间一瓦被水淹没仅露其背，弟子又指着对先生说："这像是个乌龟。"先生说："是瓦（音我）。"

瘟 牛

原 文

经学先生出一课与学生对。曰："隔河并马。"学生误认"并"字为"病"字，即应声曰："过江瘟牛。"

译 文

经学先生出一字题让学生对。先生说："隔河并马。"学生误以"并"字为"病"字，即应声道："过江瘟牛。"

咏钟诗

原 文

有四人自负能诗。一日同游寺中，见殿角悬钟一口。各人诗兴勃然，遂联句一首。其一曰："寺里一口钟。"次韵云："本质原是铜。"三曰："覆转像只碗。'四曰："敲来嗡嗡嗡。"吟毕，互相赞美不置口，以为诗才敏捷，无出其右。"但天地造化之气，已泄尽无遗。定夺我辈寿算矣。"四人忧疑，相聚环泣。忽有老人自外至，询问何事，众告以故。老者曰："寿数固无碍，但各要患病四十九日。"众问何病，答曰："了膀骨①痛！"

注 释

①了膀骨：谐音，肋巴骨。

译 文

有四个人自以为会作诗。有一天四人一同到寺院里游玩，见殿角悬挂着一口钟，各个诗兴勃发，于是联句一首，其中一人说"寺里一口钟"，第二个人说"本质原是铜"，第三个人说"覆转像只碗"，第四个人说"敲来嗡嗡嗡"。四人吟诗完了，互相赞不绝口，皆以为诗才敏捷，没人能超过。"只是天地造化之气，已泄无遗，必定剥夺我们这些人的寿命。"于是四人忧愁担心起来，围在一起哭泣。忽然有个老人从外面进来，向他们询问为何如此，四人以实相告。老人说："寿命倒不会减少，但得要患病四十九天。"那四人问是什么病，老人回答说："全都是肋巴骨痛。"

做不出

原 文

租户连年欠租，每推田瘦做不出米来。士怒曰："明年待我自种，看是如何？"租户曰："凭相公拼着命去种，到底是做不出的①。"

注释

①此句意为：做不出文章。

译文

佃户连年欠租，推说田不好，没有收成。秀才说："明年我自己种，看是不是你说的那样。"佃户说："任凭相公拼命去做，还是做不出来。"

蛀帽

原文

有盛大、盛二者，所戴毡帽，合放一处。一被虫蛀，兄弟二人互相推竞，各认其不蛀者夺之。适一士经过，以其读书人明理，请彼决之。士执蛀帽反覆细看，乃睨①盛大曰：'此汝帽也！"问："何以见得？"士曰："岂不闻《大学》注解云：'宣（作先）著（作蛀），盛大之貌（帽同音）。'"

译文

有盛大、盛二兄弟俩人，他们戴的毡帽，放在一起。一顶被虫蛀了，兄弟二人互相争夺没有被虫蛀过的帽子。正好有一秀才路过，因为读书人明理，就找他断。秀才拿着虫蛀帽子反复细看，然后斜着眼睛看盛大，说："这帽子是你的。"问："何以见得？"秀才说："难道没听《大学》注解说：'宣（先）著（蛀）盛大之貌（帽）。'"

歪诗①

原文

一士好作歪诗。偶到一寺前，见山门上塑赵玄坛②喝虎像。士即诗兴勃发，遂吟曰："玄坛菩萨怒，脚下踏个虎（去声念，音座）。旁立一判官，嘴上一脸恶。"及到里面，见殿宇巍峨，随又续题曰："宝殿雄哉大（念作度），大佛归中坐。文殊骑狮子，普贤骑白兔。"僧出见曰："相公诗才敏妙，但韵脚欠妥。小僧回奉一首何如？"士曰："甚好。"僧念曰："出在山门路，撞着一瓶醋。诗又不成诗，只当放个破（破声屁也）。"

注 释

①歪诗：指内容、技巧低劣或以游戏态度草率而成的诗。②赵玄坛：中国民间所祀财神。字公明，在道教神话中封正一玄坛元帅，故名赵玄坛。

译 文

一相公好作歪诗，偶到一寺前，见山门上塑有赵玄坛喝虎像，诗兴大发，遂吟道："玄坛菩萨怒，脚下踏个虎。旁立一判官，嘴上一脸恶。"走到里面，见殿宇巍峨，随又继续作诗道："宝殿雄哉大（音度），大佛归中坐。文殊骑狮子，普贤骑白兔。"僧出来见了说："相公诗才敏妙，但韵脚欠妥，小僧回赠一首如何？"相公说："很好。"僧念道："出在山门路，蹿着一瓶醋。诗又不成诗，只当放个破（读屁音）。"

问 藕

原 文

上路先生携子出外，吃着鲜藕。乃问父曰："爹，来个啥东西，竖搭起竟似烟囱，横搭竟好像泥笼，捏搭手里似把弯弓，嚼搭口里醒松醒松。已介甜水浓浓，咽搭落去蜘蛛丝绊住子喉咙，从来勿曾见过？"其父怒曰："呆奴，呆奴！个就是南货店里包东西大（读土音）叶个根结么。"

译 文

上路先生携子外出，吃着鲜藕。子问父："爹，来个啥东西，竖起来起竟似烟囱，横着竟好像泥笼，捏在手里似把弯弓，嚼在口里醒松醒松。又这样甜水浓浓，咽下去似蜘蛛丝绊住子喉咙，从来未曾见过啊？"其父怒道："呆奴，呆奴，这个就是南货店里包东西的大（读土音）叶子的根结么。"

老童生

原 文

老虎出山而回，呼肚饥。群虎曰："今日固不遇一人乎？"对曰："遇而不食。"问其故，曰："始遇一和尚，因臊气不食。次遇一秀才，因酸气不食。最后一童生来，亦不曾食。"问："童生何以不食？"曰："怕咬伤了牙齿。"

译 文

一只老虎出山回来，喊肚子饿了，群虎说："今天一个人也没遇到吗？"回答说："遇到了但没有吃。"问其原因，回答说："开始遇到一个和尚，因为臊气没吃；之后遇到一秀才，因酸气没吃；最后来了一个童生，也没有吃。"群虎问为何没吃，回答说："怕咬伤了牙齿。"

精彩点拨

腐流部讲的笑话，出现了许多历史上著名的人物，有孔子、颜回、周公、纪晓岚等，涉及《大学》《论语》《西厢记》《三国志》《赤壁赋》等著名篇章。从诸多的短文中，可以看到书生的迂腐酸气，虽饱读诗书，但都不谙世事，学成了书呆子，通过这些人物、篇章折射出道学的迂腐、荒唐，进而讽刺那些陈旧的思想。

阅读和果

纪晓岚

纪昀，字晓岚，1724年8月3日出生于直隶献县(今河北献县)，别字春帆，号石云，道号孤石老人。乾隆十九年（1754），考中进士，官至礼部尚书、协办大学士、太子少保。曾任《四库全书》总纂官。著有《阅微草堂笔记》。1805年3月14日病逝，时年81岁。

纪晓岚为世人所瞩目的文化成就主要有两项，但含金量都不高。一是《四库全书》，鲁迅、唐弢等人曾将其评价为一部阉割中国古文化的集大成之作。二是《阅微草堂笔记》，虽然浩浩24卷，但这部明显受了蒲松龄《聊斋志异》影响的笔记体杂记，除了语言优美典雅、行文亦庄亦谐外，没有新颖独到的观点和见解。

卷四 殊禀部

—— 精彩导读 ——

　　殊禀部是《笑林广记》的第四部，讲了63则笑话，主要描写的是家长里短、鸡毛蒜皮的小事情。仅从卷名来看，散发着浓厚的讽刺趣味。读者在笑谈之余还能体会到人生的酸甜苦辣、五味杂陈，能引发读者对平民百姓的同情感。

一概明日

　　有避债者，偶以事出门，恐人见之，乃顶一笆斗①而行。为一债家所识，弹其斗曰："嘶约如何？"姑应曰："明日。"已而雨大作，斗上点击无算。其人慌甚，乃曰："一概明日。"

　　①笆斗：斗笠。

　　有个躲避债务的人，偶然有事要出门，害怕人看见他，就戴着一顶斗笠帽走路。但还是被一个债主认出来了，债主就用手弹着躲债的人的斗笠说："你答应还的债准备什么时候还？"欠债人姑且应付他说："明天。"这时，下起了暴雨，雨点接连不断地敲击他头上的斗笠。那个人非常慌张，就说："全都明天。"

忘了下米

原文

一人问造酒之法于酒家。酒家曰:"一斗米,一两曲,加二斗水。相掺和,酿七日,便成酒。"其人善忘,归而用水二斗,曲一两,相掺和,七日而尝之,犹水也,乃往诮酒家,谓不传与真法。酒家曰:"尔等不循我法耳。"其人曰:"我循尔法,用二斗水,一两曲。"酒家曰:"可有米么?"其人俯首思曰:"是我忘记下米。"

译文

有个人向酒家请教酿酒的方法。酒家说:"一斗米,一两曲,加二斗水,相掺和,酿造七天,便成了酒。"那个人好忘事,回来后,用水二斗、曲一两相掺和,七天后一尝,还是水。于是他就到酒家那里,说人家没传给他酿酒的真正方法。酒家说:"你肯定是没按我说的办。"那个人说:"我按你的办法,用了二斗水、一两曲。"酒家问:"放了米没有?"那个人拍拍头,想想说:"呀,我忘记下米啦!"

健 忘

原文

苏人柜遇于途,一人问曰:"尊姓?"曰:"姓张。"又问:"尊号?"曰:"东桥。"又问:"尊居?"曰:"阊门①外。"问者点头曰:"是阊门外张东桥。"张骇曰:"公缘何晓得我?"问者曰:"方才都是你自说的。"

注释

①阊(chāng)门:城门名。在江苏省苏州市城西。

译文

有两个苏州人在路上相遇了。一个人问:"请问贵姓?"答:"姓张。"又问:"请问尊号?"答:"东桥。"又问:"住在哪儿?"答:"阊门外。"问的人点头说:"你就是阊门外的张东桥。"姓张的非常惊讶地问:"相公怎么认识我?"问的人说:

"你自己刚才说的呀！"

不吃亏

某甲性迂拙①，一日出外省戚②，适门外有一车，与他讲价，因嫌价贵，宁愿步行，拟在中途雇车，价必稍廉。不料走了半天，车少人稀，行将半路时，方见一车，索价反昂，某甲喃喃自语道："还是归去雇车，较为便宜。"言罢，反奔回家，雇车复往。

注 释

①迂拙：迂阔笨拙。②省戚：看望亲戚。

译 文

甲某性情愚笨。一天他外出看亲戚，正好门外就有一辆车，跟车夫讲价，嫌太贵，宁愿自己走，打算在半路雇车，想来价钱一定便宜。没想到走了半天，车少人稀，走到一半路时，他才看见一辆车，要价反而更高。甲某喃喃自语道："还是回去雇车，比较便宜。"说完，他返回家，然后雇车又走。

大丈夫

原 文

一人被其妻殴打，无奈钻在床下，其妻曰："快出来。"其人曰："丈夫说不出去，定不出去。"

译 文

有个人被他的妻子殴打，没有办法便钻到床底下，他的妻子说："快出来。"这个人说："大丈夫说话算数，说不出去，就不出去。"

引马入窑

原 文

东道索祭文，训蒙师穷迫无措。乃骑东道马，急走荒郊，寻一瓦窑，忙下马奔入避之。其马踯躅①不肯入，蒙师在窑中急骂曰："你若会作祭文，便在外面立，我是不敢出头矣。"

注 释

①踯躅（zhí zhú）：徘徊不前。

译 文

主人请先生给写篇祭文，先生写不出来，就骑了主人的马，急急忙忙逃到荒郊野外，找到一个瓦窑，慌慌张张下马跑进里面躲了起来。那匹马却犹豫着不肯进窑去，先生在窑中气急败坏地骂道："如果你会作祭文，就在外面站着，我是不敢再露面了。"

痴疑生

原 文

一秀才痴而多疑，夜在家曾读暗处，俟其妻过，突出拥之。妻惊惧大骂，秀才喜曰："吾家出一贞妇矣。"尝看史书，至不平处，必拍案切齿①，一日，看秦桧杀岳武穆，不觉甚怒，拍桌大骂不休。其妻劝之曰："家中只有十张桌，君已碎其八矣，何不留此桌吃饭也。"

注 释

①切齿：齿相磨切，形容极端痛恨的样子。

从前有个秀才，又呆又多疑。有一天夜里，他在家里暗处读书，等到他的妻子从旁边经过时，他突然跑出来抱住妻子。妻子惊叫着拒绝，而且大吵大骂，秀才高兴地说："我家出了个贞洁妇女呀。"他在看史书时，读到不平的地方，一定会拍桌子咬牙痛恨。一天，他看到秦桧杀岳飞，不觉又生气，拍桌子大骂不止。他的妻子劝他说："家里只有十张桌子，夫君已经拍坏了八张，你为什么不留下这张桌子吃饭用呢？"

我有马足

一富翁不通文，有借马者，致信于富翁云："偶欲他出，祈假骏足一乘。"翁大怒曰："我就有两只脚，如何借得人？我的朋友最多，都要借起来，还要把我大卸八块呢？"友在旁解曰："所谓骏足者，马足也。"翁益怒曰："我的足是马足，他的腿是驴腿，他的头是狗头。"

有个富翁不通文墨，有个借马的人，给他写信道："偶尔有事需要外出，想借骏足一乘。"富翁非常生气地说："我就只有两只脚，怎么能够借给别人呢？我的朋友最多，如果都要借起来，还不把我大卸八块？"有个朋友在旁边解释说："所谓骏足，就是马足呀。"富翁更加生气地骂道："我的足是马足，他的腿就是驴腿，他的头就是狗头。"

可要开刀

甲乙二人，各用一仆，甲仆性极灵敏，善于拍马，开出口来，都是吉利言语。乙仆性甚愚鲁，说出话来，每每不吉，主人屡次教导他终不见效。一日，乙携仆往甲处贺喜，饮酒时适在同席。甲醉时，甲仆上前问曰："主人可要开饭否？"主人点头答应。乙归，即以甲仆之言，命蠢仆学习，蠢仆遵命。一日，乙欲剃头，命仆呼理发匠至，既至，仆乘机欲行拍马，乃上前禀主人曰："理发匠已来，主人可要开刀否？"

译 文

甲乙两个人，各用一个仆人。甲的仆人非常灵巧机敏，善于拍马，说出话来，都是吉祥语、好听的话；乙的仆人很愚笨，说出话来，往往都是不吉利、难听的话，主人多次教导他，他总是没什么改变。一天，乙带着仆人到甲处贺喜，喝酒时正好在一张桌子上。甲喝醉时，甲的仆人就机灵地上前问道："主人是不是可以开饭了？"主人点头答应了。乙回家后，就拿甲的仆人说的话，让自己的仆人学习，愚仆便按主人的要求办了。有一天，乙想剃头，命令仆人叫理发匠来，等到理发匠到了之后，仆人想乘机拍马，学得乖巧些，就走上前向主人报告说："理发匠已经来了，主人是不是想开刀呢？"

真神人也

原 文

二呆子相遇于路，忽拾钱三百，二人分来分去，苦不能均，此二百，则彼一百，此一百，则彼二百，扰攘①半晌，莫能决，各怒甚。一黠者②过，询其故，曰："此账本极难分派，无已，在下且作陈平，代输一筹可乎？"乃纳己囊一百，二呆子各与一百，分毕，二呆子大惊曰："先生真神人也，我等二人尚分不均，不料先生作三人分之，且易易也。"再三称谢而去。

注 释

①扰攘：吵闹。②黠者：狡猾的人。

译 文

两个愚蠢的人在路上相遇了，突然捡到了三百文钱。两个人分来分去，怎么也分不均匀，这个人二百，那个人就一百，这个人一百，那个人就二百，吵吵嚷嚷了半天，也没有解决，彼此都很生气。一个狡猾的人正好路过这里，看到这种情况，问清了原因，就说："这笔账本来是非常难算的，没有别的办法，我就帮你们平分吧，我替你们先拿走一份儿，怎么样？"于是就装到自己口袋里一百，给两个愚蠢的人各分一百。分完之后，两个愚蠢的人非常吃惊地感叹说："先生真是神人哪！我们俩怎么分也不平均，不料先生按三个人分它，却很容易就分好了。"于是再三道谢而去。

燃 衣

原 文

一最性急，一最性缓，冬日围炉聚饮。性急者坠衣炉中，为火所燃，性缓者见之从容谓曰："适有一事，见之已久，欲言恐君性急，不言又恐不利于君，然则言之是耶？不言是耶？"性急者问以何事。曰："火烧君裳。"其人遂曳衣而起，怒曰："既然如此，何不早说？"性缓者曰："外人道君性急，不料果然。"

译 文

一人性子特急，一人性子特慢，冬天两人围着火炉饮酒。性急的人衣服被炉火所燃，性慢的人看到后从容地说道："恰有一事，看见它已经很久，想说恐怕你性急，不说又恐怕对你不利，那么是说还是不说呢？"性急的人问他何事，性慢的人说："火烧着了你的衣裳。"性急的人拉衣起来，恼怒道："既然是这样，为什么不早说？"性慢的人说："外人说你性急，果然如此。"

卖 弄

原 文

一亲家新置一床，穷工极丽。自思："如此好床，不使亲家一见，枉自埋没。"乃装有病，偃卧①床中，好使亲家来望。那边亲家做得新裤一条，亦欲卖弄，闻病欣然往探。即至，以一足架起，故将衣服撩开，使裤现出在外，方问曰："亲翁所染何症，而清减至此？"病者曰："小弟的贱恙，却像与亲翁的心病一般。"

注 释

①偃卧：仰卧。

译 文

有个亲家新置一床，穷工极丽，自己想如此好床，如不让亲家一看，实在妄自埋没，于是假装患病，仰卧床中，好使亲家前来探望。正巧那边亲家做了一条新裤也要卖弄，听说亲家病了，欣然前往探视。到了亲家后，把一只脚架起，故意将衣服撩开，使裤子显现于外。探视的亲家问："亲翁患了何病而愁闷到这种地步？"装病的亲家说："小弟的病和您的心病一样。"

品　茶

原文

乡下亲家进城探望。城里亲家，待以松萝泉水茶。乡人连声赞曰："好！好！"亲翁以为彼能格物，因问曰："亲家说好，是茶叶好，还是水好？"乡人答曰："热得有趣。"

译文

乡下亲家进城探望城里亲家，城里亲家用松萝泉水茶招待。乡下亲家连声称赞道："好，好！"城里亲家以为他善于识别好坏，于是问道："亲家说好，是说茶叶好，还是说水好？"乡下亲家回答道："是热得好。"

佛　像

原文

乡下亲家到城里亲家书房中，将文章揭看，摇首不已。亲家说："亲翁无有不得意的么？"答云："正是，看了半日，并没有一张佛像在上面。"

译文

乡下亲家到城里亲家书房中，将文章翻看了许多，摇头不已。城里亲家说："亲翁，没有得意的吗？"乡下亲家回答说："正是，看了半天，上面没有一张佛像。"

固　执

原文

一父子性刚，平素不肯让人。一日，父留客饭，命子入城买肉。子买讫，将出城门，值一人对面而来，各不相让，遂挺立良久。父寻至见之，对子曰："你快持肉去，待

我与他对立着。"

译文

有父子俩性子极犟，平素不肯让人。一天父亲留客人吃饭，让儿子进城买肉。儿子买肉后刚要出城门，正碰上一个人对面走来，各不相让，于是二人对立起来。过了很长时间，父亲找到这里，见此，对儿子说："你快拿肉回家去，让我和他对立在这里。"

应 急

原文

主人性急，仆有犯过，连呼家法不至，咆噪愈甚。仆人曰："相公莫恼，请先打两个巴掌应一应急。"

译文

主人性急，有一天仆人有了过失，主人连连喊家人拿板子，可是半天也没有拿来，主人更加生气。仆人说："相公勿恼，请先打两个巴掌应一应急吧！"

掇 桶

原文

一人留友夜饮，其人蹙额坚辞。友究其故，曰："实不相瞒，贱荆①性情最悍，尚有杩子桶未倒。若归迟，则受累不浅矣。"其人攘臂②而言曰："大丈夫岂有此理，把我便……"其妻忽出，大喝曰："把你便怎么？"其人即双膝跪下曰："把我便掇了就走。"

注释

①贱荆：谦称己妻。②攘臂：捋袖伸臂。形容激愤。

译文

有个人留朋友吃饭，朋友紧皱眉头坚持要走。主人追问其原因，朋友回答说："实不相瞒，我老婆十分厉害，家里有便桶未倒，如果回去晚了，将要受苦不堪矣。"主人挥臂说道："大丈夫岂有此理，如果是我的话……"主人的妻子突然闯出来大声呵斥道："如果是你怎么样？"主人马上双膝跪下说："如果是我立刻去倒。"

请下操

一武弁怯内，面带伤痕。同僚谓曰："以登坛发令之人，受制于一女子，何以为颜？"弁曰："积弱所致，一时整顿不起。"同僚曰："刀剑士卒，皆可以助兄君威。候其咆哮时，先令军士披挂，枪戟林立，站于两旁，然后与之相拒。彼慑于军威，敢不降服！"弁从之。及队伍既设，弓矢既张。其妻见之，大喝一声曰："汝装此模样，欲将何为？"弁闻之，不觉胆落。急下跪曰："并无他意，请奶奶赴教场下操。"

有个武官怕老婆，而且身上带有伤痕，同僚对他说："凭你登坛发号施令之人，却受制于一个女子，有什么脸面？"武官说："长期软弱所造成的，一时振作不起来。"同僚说："刀剑士卒可以助兄威，等她发威时，先令军士披挂，枪戟林立站于两旁，然后与她对抗，她慑于军威，敢不降服。"武官听从了同僚的建议。等到队伍摆好阵势，弓箭已经拉开，武官的老婆看见后，大喝一声道："你装此模样，想要干什么？"武官听了，不由得差点儿吓破胆，急忙跪下说："并无别的意思，请太太赴教练场指导。"

虎　势

原 文

有被妻殴者，往诉其友，其友教之曰："兄平昔懦弱惯了，须放些虎势出来。"友妻从屏后闻之，喝曰："做虎势便怎么？"友惊跪曰："我若做虎势，你就是李存孝①。"

注 释

①李存孝：唐末至五代著名的猛将，打虎英雄。

有个人遭妻打，到朋友家诉说，朋友教导他说："你平日懦弱惯了，必须放出虎威来。"朋友的妻子从屏风后听到此话，喝道："放虎威能怎么样？"朋友十分惊恐，跪下说："我如果做虎威，你就是李存孝。"

访　类

原文

有惧内者，欲访其类，拜十弟兄。城中已得九人，尚缺一个，因出城访之。见一人掇马桶出。众齐声曰："此必是我辈也。"相见道相访之意。其人摇手曰："我在城外做第一个倒不好，反来你城中做第十个。"

译文

有个怕老婆的人，打算访其同类，结拜十个弟兄。城里已寻得九人，还缺一个，于是出城寻找。看见一人出来拿着马桶，众人齐声道："这人必是我们的同类。"于是相见道明结拜之意，那人摆手说："我在城外做第一个都不情愿，反来你城中做第十个？"

吐绿痰

原文

两惧内者，皆以积忧成疾。一吐红痰，一吐绿痰。因赴医家疗治。医者曰："红痰从肺出，犹可医。绿痰从胆出，不可医。归治后事可也。"其人问由胆出之故。对曰："惊破了胆，故吐绿痰。胆既破了，如何医得。"

译文

有两个怕老婆的，都因长期忧愁患病，一个吐红痰，一个吐绿痰，于是去医生那里治疗。医生说："红痰从肺里出，还能医治；绿痰从胆出，不能医治了，回去准备后事吧。"吐绿痰的人问绿痰从胆出的缘故，医生说："惊破了胆，因此吐绿痰，胆已经破了，如何能医治得了。"

理旧恨

原 文

一怕婆者，婆既死，见婆像悬于柩①侧。因理旧恨以拳打之。忽风吹轴动，忙缩手大惊曰："我是取笑作耍。"

注 释

①柩（jiù）：装着尸体的棺材。

译 文

有个人怕老婆，老婆死了，看见老婆的遗像悬挂在棺材一侧，因思旧恨用拳打其遗像。忽然风吹使遗像稍微动了一下，该人不由得缩回手十分吃惊，说："我是开玩笑和你闹着玩呢！"

敕 书

原 文

一官置妾，畏妻，不得自由。怒曰："我只得奏一本去。"乃以黄秋裹绫历一册，从外擎回，谓妻曰："敕旨在此。"妻颇畏惧。一日夫出，私启视之。见正月大、二月小，喜云："原来皇帝也有大小。"看三月大、四月小，倒分得均匀。至五月大、六月小、七月大、八月大，乃数月小。乃大怒云："竟有这样不公道的皇帝，凉爽天气，竟被她占了受用，如何反把热天都派与我。"

译 文

一官纳了一妾，但惧怕大老婆，不得自由。有一天，当官的发怒说："我只好向皇帝奏一本了。"不多久，拿着一本黄历，从外面跑回来，对妻子说："圣旨在此。"妻子听了十分害怕。有一天丈夫外出，妻子打开黄历偷看，见上面写着正月大、二月小，高兴地说："原来皇帝也有大小老婆。"看到三月大、四月小，说："倒分得均匀。"看到五月大、六月小、七月大、八月大，以后数月小，便大怒说："竟然有这样不公道的皇帝，凉爽的日子竟全部分给小老婆享用，为何反把大热的日子分给我！"

吃梦中醋

一惧内者，忽于梦中失笑。妻摇醒曰："汝梦见何事而得意若此？"夫不能瞒。乃曰："梦娶一妾。"妻大怒，罚跪床下。起寻家法杖之。夫曰："梦幻虚情，如何认作实事？"妻曰："别样梦许你做，这样梦却不许你做的。"夫曰："以后不做就是了。"妻曰："你在梦里做，我如何得知。"夫曰："既然如此，待我夜夜醒到天明，再不敢睡就是了。"

有个惧怕老婆的人，突然在睡梦中笑起来。妻子摇醒他问道："你梦见何事而这样得意？"丈夫不敢隐瞒，回答说："梦到娶了一妾。"妻子大怒，罚他跪在床下，使用家法揍他。丈夫说："梦幻虚情，如何当作实事。"妻子说："别样的梦许你做，这样的梦却不许你做。"丈夫说："以后不做就是了。"妻子说："你在梦里做，我怎么能知道。"丈夫说："既然如此，待我夜夜醒到天明，再不睡就是了。"

葡萄架倒

有一吏惧内，一日被妻挝①碎面皮。明日上堂，太守见而问之。吏权词以对曰："晚上乘凉，葡萄架倒下，故此刮破了。"太守不信。曰："这一定是你妻子挝碎的，快差皂隶拿来。"不意奶奶在后堂潜听，大怒抢出堂外。太守慌谓吏曰："你且暂退，我内衙葡萄架也要倒了。"

注 释

①挝（zhuā）：抓，用指挠。

有个官吏怕老婆，一天被妻子抓破脸皮。第二天上堂，太守见了问他脸皮怎么破的，官吏搪塞说："晚上乘凉，葡萄架倒下，因此刮破了。"太守不信，说："这一定是你妻子抓破的，快派差役捉来。"不料太守的老婆在后堂偷听，十分恼怒地跳出堂外，太守慌忙对官吏说："你先暂时退下，我内衙葡萄架也要倒了。"

父各爨

原 文

有父子同赴席，父上座，而子径就对席者。同席疑之，问："上席是令尊①否？"曰："虽是家父，然各爨②久矣。"

注 释

①令尊：称对方父亲的敬辞。②爨（cuàn）：烧火做饭。

译 文

有父子俩同赴一席，父亲就上座，而儿子径直坐于对面。同席的人疑惑不解，问道："上座那个人是不是你的父亲？"儿子回答道："虽是家父，但各自烧火煮饭已经很久了。"

活脱话

原 文

父戒子曰："凡人说话放活脱①些，不可一句说煞。"子问如何活脱时，适有邻家来借物件。父指而教之曰："比如这家来借东西，看人打发，不可竟说多有，不可竟说多无；也有家里有的，也有家里无的，这便活脱了。"子记之。他日，有客到门问："令尊在家否？"答曰："我也不好说多，也不好说少；其实也有在家的，也有不在家的。"

注 释

①活脱：灵活。

译文

父亲告诫儿子说："人不管说什么话都要说得活脱些，不能把话说死。"儿子问如何才能把话说活脱，正好邻居家来借东西，父亲便以邻居来借东西教导说："比如这家来借东西，看人打发对待，不可直说有很多，也不可以直说没多少；有时说家里有，有时便说家里无，这样说便活脱了。"儿子把父亲的话牢记在心。一天，有客人到家问道："令尊在家没有？"儿子回答道："我不好说多，也不好说少；其实也有在家的，乜有不在家的。"

母猪肉

原文

有卖猪母肉者，嘱其子讳之。已而买肉者至，子即谓曰："我家并非母猪肉。"其人觉之，不买而去。父曰："我已吩咐过，如何反先说起？"怒而挞①之。少顷又一买者至，问曰："此肉皮厚，莫非母猪肉乎？"子曰："何如？难道这句话，也是我先说起的？"

译文

有个卖母猪肉的人，嘱咐儿子要避忌说是母猪肉。不久来了一个买肉的，儿子对那人说道："我家卖的不是母猪肉。"买肉人一听此话便察觉了，不买走了。父亲十分生气说："我已经嘱咐过你，为何反先提起？"接着揍了儿子一顿。不一会儿又来了一个买肉的问道："此肉皮厚，怕是母猪肉吧？"儿子说："怎么样？难道这句话，也是我先说起的？"

望孙出气

原文

一不肖子常殴其父，父抱孙不离手，爱惜愈甚。人问之曰："令郎不孝，你却钟爱令孙。何也？"答曰："不为别的，要抱他大来，好替我出气。"

译文

有个人不孝，经常殴打自己的父亲，而他的父亲却抱孙子不离手，疼爱更甚。别人问道："你的儿子不孝，你却疼爱孙子，为什么？"老人回答说："不为别的，要抱他长大，好替我出气。"

买酱醋

祖付孙钱二文买酱油、醋，孙去而复回，问曰："哪个钱买酱油？哪个钱买醋？"祖曰："一个钱酱油，一个钱醋。随分买，何消问得？"去移时，又复转问曰："哪个碗盛酱油？哪个碗盛醋？"祖怒其痴呆，责之。适子进门，问以何故，祖告之。子遂自去其帽，揪发乱打。父曰："你敢是疯子？"子曰："我不是疯，你打得我的儿子，我难道打不得你的儿子？"

有个老人给孙子二文钱让他买酱油醋，孙子去后又返回来，问道："哪个钱买酱油？哪个钱买醋？"爷爷说："一个钱买酱油，一个钱买醋。难道这还要问吗？"孙子走了不多时，再次返回来问道："哪个碗盛酱油？哪个碗盛醋？"爷爷一听，生气孙子太痴呆，便对孙子进行责罚。正巧赶上儿子进来，问是什么缘故，老人如实相告，儿子一听便脱掉帽子，揪住自己头发乱打。老人说："你难道是疯子吗？"儿子回答说："我不是疯子，你打得我的儿子，我难道打不得你的儿子？"

悟 到

一富家儿不爱读书，父禁之书馆。一日父潜伺窥①其动静，见其子开卷吟哦。忽大声曰："我知之矣。"父意其有所得，乃喜而问曰："我儿理会了什么？"子曰："书不可不看，我一向只道书是写成的，原来是刻板印就的。"

①伺窥：暗中观望。

　　有个富人的儿子不爱读书，富人硬把儿子禁闭在书房中。一天，富人窥视其动静，见儿子开卷吟诵，突然大叫道："我知道了。"富人认为儿子读书有所得，便十分高兴地问道："我儿领会了什么？"儿子回答说："书不可不看，我过去一向认为书是写成的，原来是刻板印成的。"

藏　锄

　　夫在田中耦耕①，妻唤吃饭。夫乃高声应曰："待我藏好锄头，便来也。"及归，妻戒夫曰："藏锄宜密，你既高声，岂不被人偷去？"因促之往看，锄果失矣。因急归，低声附其妻耳云："锄已被人偷去了。"

　　①耦耕：泛指农事。

　　丈夫在田间耕作，妻子招呼他吃饭，丈夫大声回答道："等我藏好锄头便来。"丈夫归来后，妻子告诫丈夫道："藏锄头应秘密进行，你高声叫喊，岂不要被别人偷去。"边说边催促丈夫去看，丈夫一看锄头果然丢失了。于是急忙返回，低声附在妻子耳边说："锄头已经被人偷去了。"

较　岁

　　一人新育女，有以两岁儿来议亲者。其人怒曰："何得欺我！吾女一岁。他子两岁。若吾女十岁，渠儿二十岁矣。安得许此老婿！"妻谓夫曰："汝算差矣！吾女今年虽一岁，等到明年此时，便与彼儿同庚①，如何不许？"

注 释

①同庚：同岁。

译 文

有个人刚生下一个女儿，便有以两岁儿子来议亲的。那个人大怒说："为什么要欺辱我。我女儿一岁，他的儿子两岁；如果我女儿十岁时，那么他的儿子就二十岁了。怎能许配给如此老婿。"妻子对丈夫说："你算差了！我们女儿今年虽是一岁，但等到明年，便与他的儿子同岁，为什么不许？"

拾 簪

原 文

一人在枕边拾得一簪①，喜出望外，诉之于友。友曰："此不是兄的，定是尊嫂的，何喜之有？"其人答曰："便是，不是弟的，又不是房下的，所以造化。"

注 释

①簪：古人用来插定发髻或连冠于发的一种长针。此处指老婆养汉，对方丢下的簪子。

译 文

有个人在枕边拾到一簪，喜出望外，便告诉了朋友，朋友说："它不是你的，就必定是你老婆的，何喜之有？"那人答道："正因为不是我的，又不是我老婆的，所以有福分。"

记 酒

原 文

有觞①客者，其妻每出酒一壶，即将锅煤画于脸上记数。主人索酒不已。童子曰："少吃几壶罢，家主婆脸上，看看有些不好看了。"

①觞（shāng）：欢饮，进酒。

有个人劝客人饮酒，其妻子每拿出一壶酒，就将锅底灰在脸上画一下。主人一再要酒，仆童说："老爷少喝几壶吧，你老婆的脸，实在有些不好看了。"

呆　算

原文

一人家费纯用纹银，或劝以倾销八九成杂用，当有便宜。其人取元宝一锭，托熔八成。或素知其呆也，止倾四十两付之，而利其余。其人问："元宝五十两，为何反倾四十？"答曰："五八得四十。"其人遽曰："吾为公误矣，用此等银反无便宜。"

译文

有个人家里支出全用纯银，银匠劝他把纯银熔铸成八成银，那样会有便宜。那人取出一锭元宝，让银匠熔为八成银。银匠平素知道他很呆，只用了四十两熔铸，其余的留了起来，铸后给了呆子。呆子问："元宝五十两，为什么只熔铸四十？"银匠回答说："五八得四十。"呆子于是说道："我误听了你的话，原来用此等银子反无便宜。"

代　打

原文

有应受官责者，以银三钱雇邻人代往，其人得银，欣然愿替。既见官，官喝打三十，方受数杖，痛极。因私出所得银，尽贿行杖者，得稍从轻。其人出谢前人曰："蒙公赐银救我性命，不然几乎打杀。"

译文

有个应受官府责罚的人，用三钱银子雇了一个邻居代替前往，邻居得到银子，欣然同意代替前往。等见到官员后，官员吆喝打三十大板，刚挨数杖，十分疼痛，于是偷偷拿出得到的三钱银子，全部贿赂给行杖的人，板子打得才轻了些。邻居挨打后出了官府对雇他的那个人说："多亏你赐给我三钱银子，救了我的命，不然几乎被打死！"

靠父膳

原文

一人廿岁生子，其子专靠父膳，不能自立。一日算命云："父寿八十，儿寿六十二。"其子大哭曰："这两年叫我如何过得去？"

有个人二十岁时生的儿子，其儿子成人后仍然靠父亲养活不能自立。一天算命先生对其父子说："父亲寿命八十岁，儿子寿命六十二岁。"儿子听了大哭起来："剩下的两年让我怎么活得过去呢？"

觅凳脚

乡间坐凳，多以现成树丫叉为脚者。一脚偶坏，主人命仆往山中觅取。仆持斧出，竟日空回，主人责之。答曰："丫叉尽有，都是朝上生，没有向下生的。"

乡间坐的凳子，大多是用现成的树杈做凳子腿。一天有条凳腿坏了，主人让仆人到山里去寻取。仆人拿着斧子走了，到了晚上空手而归。主人责备仆人，仆人回答说："树杈极多，但都是朝上长的，没有朝下长的。"

访麦价

一人命仆往枫桥打听麦价。仆至桥，闻有呼"吃扯面"者，以为不要钱的，连吃三碗径走。卖面者索钱不得，批其颊九下。急归谓主人曰："麦价打听不出，面价吾已晓矣。"主问："如何？"答曰："扯面每碗要三个耳光。"

有个人让仆人到枫桥去打听麦子的价格，仆人到枫桥后，听到有喊吃扯面的，以为不要钱，接连吃了三碗就要走，卖扯面的索要面钱没有得到，便打了他九个耳光。仆人急忙返回对主人说："麦子的价格没有打听出来，但面价我已经晓得了。"主人问："价格是多少？"仆人回答说："扯面每碗要三个耳光。"

卧　锤

原文

一人睡在床上，仰面背痛，俯卧肚痛，侧困腰痛，坐起臀痛，百医无效。或劝其翻床。及翻动，见褥底铁秤锤一个，垫在下面。

译文

有个人睡在床上，仰卧背痛，俯卧肚痛，侧躺腰痛，坐起屁股痛，求治数医无效。有人劝他翻翻床。待翻动床时，发现褥底下垫着一个秤砣。

懒　活

原文

有极懒者，卧而懒起，家人唤之吃饭，复懒应。良久，度其必饥，乃哀恳之。徐曰："懒吃得。"家人曰："不吃便死，如何使得？"复摇首漫曰："我亦懒活矣。"

译文

有个极懒的人，躺着懒得起，家里的人招呼他吃饭，又懒得应声。过了好久，家里人揣度他一定饿了，便恳求他吃饭，懒人缓慢地说："懒得吃。"家里人说："不吃便要饿死，怎能使得？"懒人又摇头懒洋洋地答道："我也懒得活了。"

白鼻猫

原文

一人素性最懒，终日偃卧不起，每日三餐亦懒于动口，恹恹①绝粒，竟至饿毙。冥王以其生前性懒，罚去轮回变猫。懒者曰："身上毛片，愿求大王赏一全体黑身，单单留一白鼻，感恩实多。"王问何故。答曰："我做猫躲在黑地里，鼠见我白鼻，认做是块米糕，贪想偷吃，凑到嘴边，一口咬住，岂不省了无数气力。"

注 释

①恢恢：精神萎靡的样子。

译 文

有个人性情一向十分懒惰，整天睡卧不起，每日三餐也懒于动口，渐渐精神不振断绝了饭食，竟至饿死。冥王因他生前性情懒惰，罚其去变猫。懒人说："身上皮毛，愿求大王赏给一个全身黑色，唯独留一个白鼻子，我将十分感谢您。"冥王问其是何原因。懒人答道："我做猫躲在黑地里，老鼠见到我的白鼻子，以为是块米糕，便会贪想偷吃，待它们凑到嘴边时，我便可一口咬住，岂不省了许多力气。"

椅桌受用

原 文

乡民入城赴席，见椅桌多悬桌围坐褥。归谓人曰："莫说城里人受用，连城里的椅桌都是极受用的。"人问其故，答曰："桌子穿了绣花裙，椅子都是穿销金①背心的。"

注 释

①销金：即烫金，以特殊工艺在衣物上添加极薄黄金装饰。

译 文

乡下人进城赴宴，见桌子有围布，椅子有坐褥。回乡后对他人说："不用说城里人多么会享受，就是城里的桌椅都是极会享受的。"他人问其缘故，乡下人回答说："桌子穿了绣花裙，椅子都是穿烫金背心的。"

咸 蛋

原 文

甲乙两乡人入城，偶吃腌蛋。甲骇曰："同一蛋也，此味独何以咸？"乙曰："我知之矣，决定是腌鸭哺的。"

译 文

甲乙两乡下人进城，偶然吃咸鸭蛋。甲吃惊地说："都是一样的鸭蛋，为何唯独这些是咸蛋呢？"乙回答说："我知道是怎么回事，肯定是腌鸭子下的蛋。"

看 戏

原 文

有演《琵琶记》者，而找《关公斩貂蝉》者。乡人见之泣曰："好个孝顺媳妇，辛苦了一生，竟被那红脸蛮子害了。"

译 文

有个戏班子演完《琵琶记》后，又接着演《关公斩貂蝉》，乡下人看了哭泣说："好个孝顺的媳妇辛苦了一生，竟被那红脸蛮子害死了。（同一演员，两种角色，乡里人混而为一）"

演 戏

原 文

有演《琵琶记》者，找戏是《荆钗·逼嫁》。忽有人叹曰："戏不可不看，极是长学问的，今日方知蔡伯喈的母亲就是王十朋的丈母。"

译 文

有个戏班子演完《琵琶记》后，接着又演《荆钗·逼嫁》，忽然有人慨叹说："戏不可不看，看戏是极长学问的，今天才晓得蔡伯喈的母亲就是王十朋的丈母。"

祛 盗

原 文

一痴人闻盗入门，急写"各有内外"四字，贴于堂上。闻盗已登堂，又写"此路不通"四字，贴于内室。闻盗复至，乃逃入厕中。盗踪迹及之，乃掩厕门咳嗽曰："有人在此！"

译 文

有个痴子听见小偷进了屋门，急忙写了"各有内外"四个字，贴在堂上。接着听见小偷已登堂，又写"此路不通"四字，贴于内室。之后小偷又到，便逃入厕所。小偷到了厕所跟前，痴子拽住厕所门咳嗽说："有人在此。"

复 跌

原 文

一人偶扑地，方爬起复跌。乃曰："啐！早知还有此一跌，便不起来也罢了。"

译 文

有个人偶然摔了一跤，刚爬起来又跌倒了。于是那个人懊悔道："唉！早知还要摔一跤，我便不会起来了！"

缓 踱

原 文

一人善踱，行步甚迟，日将晡①矣，巡夜者于城外见之，问以何往。曰："欲至府前。"巡夜者即指犯夜，擒捉送官。其人辩曰："天色甚早，何为犯夜？"曰："你如此踱法，踱至府前，极早也是二更了。"

注 释

①晡（bū）：申时，即午后三点至五点。

译 文

有个人好慢慢地走，行走极迟缓。日将黄昏，巡夜的人在城外看到那人行走甚慢，问他要到什么地方去，那人回答说："要到官府前面。"巡夜的人立即指责他违犯了夜间禁止行走的规定，便捉拿他要送于官府。那人争辩说："天色甚早，为什么说我违犯了夜规？"巡夜的人答道："你这样慢慢地走法，等走到官府前面，最早也要到二更天了。"

出簪头

原 文

有酷好乘马者，被人所欺，以五十金买驽马①一匹。不堪鞭策，乃雇舟载马，而身跨其上。既行里许，嫌其迟慢。谓舟人曰："我买酒请你，与我快些摇，我要出簪头哩。"

注 释

①驽马：不能快跑的马。

译 文

有个酷爱乘马的人，被人欺骗，用五十两黄金买了一匹劣马。由于经不起劣马的折磨，于是雇了一只船载马，而自已骑在马上。走了约一里地后，该人嫌船行走迟缓，便对划船的人说道："你给我摇快些，我买酒请你喝，我已经要长出簪头了！"

铺 兵

原 文

铺司递紧急公文，官恐其迟，拨一马骑之，其人赶马而行。人问其"如此急事，何不乘马？"答曰："六只脚走，岂不快于四只。"

译 文

有个邮差递送紧急公文，当官的恐怕他走得慢，拨一匹马让他骑。邮差赶着马走，别人问他："如此急事，怎么不骑马？"邮差回答说："六只脚跑，岂不比四只更快！"

鹅变鸭

原 文

有卖鹅者，因要出恭，置鹅在地。登厕后，一人以鸭换去。其人解毕出视，曰："奇哉！才一时不见，如何便饿得恁般黑瘦了。"

译 文

有个卖鹅的，因要上厕所，便把鹅放在地上。在其上厕所时，有个人用鸭将鹅换走。那人便完出来一看，叹息说："奇怪！才一会儿不见，怎么就饿得这样黑瘦了。"

帽当扇

原 文

有暑月戴毡帽而出者，歇大树下乘凉，即脱帽以当扇，扇讫谓人曰："今日若不戴此帽出来，几乎热杀。"

译 文

有个人在盛夏戴着毡帽外出，由于戴帽太热，便歇息在大树下乘凉，该人摘下毡帽当扇子扇，扇罢对他人说："今天要不戴此帽出来，几乎热死我。"

买海蛳

原 文

一人见卖海蛳者，唤住要买，问："几多钱一斤？"卖者笑曰："从来海蛳是量的。"其人喝曰："这难道不晓得！问你几多钱一尺？"

译 文

有个人看见卖海蛳的，叫住要买，问："多少钱一斤？"卖海蛳的人说："海蛳从来都是量的。"那个人嚷道："谁不晓得，我是问你多少钱一尺？"

澡堂漱

原 文

有人在澡堂洗浴，掬水入口而漱之。众各攒眉相向，恶其不洁。此人贮水于手曰："诸公不要愁，待我漱完之后，吐出外面去。"

译 文

有个人在澡堂里洗澡，捧了一捧水吸到嘴里漱口。众人挤眉对视，对其不干净十分厌恶。那人捧水在手说："诸位不要忧虑，待我漱完之后，便把水吐到外面去。"

何　往

原 文

一人禀性①呆蠢不通文墨，途遇一友，友问曰："兄何往？"此人茫然不答。乃记"何往"二字，以问人，人知其呆，故为戏之曰："此恶语骂兄耳。"其人含怒而别。次日复遇前友，问："兄何往？"此人遂愤然曰："我是不何往，你倒要何往哩！"

注 释

①禀性：先天具有的性情、素质。

译 文

有个人十分呆蠢，不通文墨。有一天此人外出，路上遇到一位友人，友人问道："你何往？"呆子茫然未做回答，但记住了"何往"二字。呆子问他人道："'何往'是什么意思？"那人知道他呆蠢，便有意开玩笑说："'何往'是骂你的话。"呆子含怒而别。第二天，呆子又见那位友人，友人又说："兄何往？"呆子一听愤然道："我是不'何往'，你倒要'何往'哩！"

呆　执

原 文

一人问大辟。临刑，对刽子手曰："铜刀借一把来动手，我一生服何首乌①的。"

注 释

①何首乌：植物名。蓼科，多年生缠绕草本，本名交藤，根、茎俱可入药。

译 文

有个人被判死刑。临行前，他对刽子手说："借一铜刀来动手，我一辈子服用何首乌的。"

信阴阳

原 文

有平素酷信阴阳者，一日被墙压倒，家人欲亟①救。其人伸出头来曰："且慢，待我忍着，你去问问阴阳，今日可动得土否？"

注 释

①亟（jí）：急切。

译 文

有个平素酷信阴阳的人，一天墙倒把他砸在下面，家人要赶紧救他出来。那人伸出头来道："且慢，我先忍着，你们去问问阴阳先生，今天是否可以动土？"

热翁腿

原 文

一老翁冬夜醉卧，置脚炉于被中，误热其腿，早起骂乡邻曰："我老人家多吃了几杯酒睡着了，便自不知，你们这班后生竟不来叫醒一声，难道烧人臭也不晓得？"

译 文

有个老头冬夜喝醉了酒，在被子里放了一个暖脚炉后就躺下了，早晨起来发现脚炉烫伤了大腿，于是骂乡邻道："我老人家多吃了几杯酒睡着了，不能察觉脚炉烫着大腿，可是你们这些晚辈竟不来喊一声把我叫醒，难道烧得人臭也不晓得？"

合着靴

原文

有兄弟共买一靴，兄日着以拜客赴宴，弟不甘服。亦每夜穿之，环行室中，直至达旦①。俄而靴敝，兄再议合买，弟曰："我要睡矣。"

注释

①达旦：直到第二天早晨。

译文

有对儿兄弟合买了一双靴子。白天哥哥穿着靴子拜客赴宴，弟弟不甘心，便每天夜里穿上靴子，在屋里绕着圈走，直到天明。不久靴子坏了，哥哥跟弟弟商量再买一双靴子，弟弟说："我要睡觉。"

教象棋

原文

两人对弈象棋，旁观者教不置口。其一大怒，挥拳击之，痛极却步。右手摸脸，左手遥指曰："还不上士！"

译文

有两人下象棋，一个旁观的人教导不停，其中一个下棋的十分恼怒，便挥舞拳头揍那个旁观教导的人。那人被打得十分疼痛，连连后退，右手捂着脸，左手比画说："还不快上士！"

发换糖

原文

一呆子见有以发换糖者，谬谓凡物皆可换也。晨起袖中藏发一绺以往，遇酒肆即入饱餐。餐毕，以发与之，肆佣①皆笑。其人怒曰："他人俱当钱用，到我偏用不得耶！"争辩良久，肆佣因发乱打。其人徐理发曰："整绺的与他偏不要，反在我头上来乱抢。"

注释

①肆佣：服务人员。

译文

有个呆子见有人用头发换糖，便错误地认为不管什么东西都可以用头发换。有一天早晨起来后，在袖子里装了一绺头发出外，遇到酒馆儿便进去饱餐起来。餐后，呆子拿出头发交给酒馆儿，伙计们大笑起来，呆子恼怒道："别人的头发都可当钱用，轮到我为何偏不能用！"呆子和伙计争辩了很长时间，伙计揪住呆子的头发乱打，呆子缓缓梳理自己的头发说："整绺地给他偏不要，反在我头上来乱抢。"

精彩点拨

殊禀部讲了63则笑话，殊禀的意思即指人具有特殊的禀赋、天赋。但这些笑话的内容恰恰相反，讲的是一些连一点儿禀赋、天赋都没有的平头百姓。有善忘的人、有怕老婆的男人、有打丈夫的妻子、有呆头呆脑的人、有打父亲的不孝之子、有被捆绑示众的偷牛贼等等。可谓是五花八门、洋相百出。编者对这类人和事讽刺、挖苦、嘲笑，耐人寻味，值得思考。

《琵琶记》

《琵琶记》，元末南戏，高明撰。描写汉代书生蔡伯喈与赵五娘悲欢离合的故事。共四十二出。全剧典雅、完整、生动、浓郁，显示了文人的细腻目光和酣畅手法。它是高度发达的中国抒情文学与戏剧艺术的结合。《琵琶记》在艺术上所取得的成就，不只影响到当时剧坛，而且为明清传奇树立了楷模，被誉为"南戏之祖"。

《琵琶记》作者高明于元顺帝至正五年（1345）考中进士，从此步入仕途，历官处州录事、绍兴路判官、庆元路推官等。后辞官隐居于宁波城南二十里的栎社，寓居于沈氏楼中，闭门谢客，埋头于诗词戏曲的创作。《琵琶记》改编自民间南戏《赵贞女》（即《赵贞女蔡二郎》），更早时还有金院本《蔡伯喈》。据记载，宋代戏文《赵贞女蔡二郎》情节大致写蔡二郎应举，考中了状元，他贪恋功名利禄，抛弃双亲和妻子，入赘相府。其妻赵贞女在饥荒之年，独立支撑门户，赡养公婆，竭尽孝道。公婆死后，她以罗裙包土，修筑坟茔，然后身背琵琶，上京寻夫。可是蔡二郎不仅不肯相认，竟然放马踩踏妻子。蔡二郎的恶行激怒了天神，天神放暴雷把蔡二郎轰死。

《琵琶记》创作于至正二十二年（1362）到二十五年（1365）之间。

卷五　僧道部

精彩导读

　　僧道部是《笑林广记》的第五部,讲了14则笑话,主要描述了和尚、道士、尼姑的生活言行。把这些吃斋念佛的和尚、道士、尼姑还原成俗世之人,暴露其虚伪、愚俗、平庸、尔虞我诈的丑恶面目,在人们捧腹大笑的同时又顿感耳目一新,增长见识。

追度牒

　　一乡官游寺,问和尚吃荤否。曰:"不甚吃。但逢饮酒时,略用些。"曰:"然则汝又饮酒乎?"曰:"不甚吃。但逢家岳妻舅来,略陪些。"乡官怒曰:"汝又有妻,全不像出家人的戒行。明日当对县官说,追你度牒。"僧曰:"不劳费心,三年前贼情事发,早已追去了。"

　　有一个地方官到寺院游玩,见到一个和尚,问他吃不吃肉。和尚说:"不怎么吃,只是在赴宴饮酒时,稍微吃一点儿。"地方官说:"这么说来,你还喝酒呀?"和尚又说:"也不怎么喝,只是在妻舅来的时候,陪他喝一点儿。"地方官一听大怒,说:"你还有妻子呀,完全不像个出家人的样子,明天我就对县官说,把你的文书收回去。"和尚说:"不劳您费心,三年前就因为做贼被发现,早就收回去了。"

掠缘簿

　　和尚做功德回①,遇虎,惧甚,以铙钹②一片击之。复至,再投一片,亦如之。乃以经卷掠去，虎急走归穴。穴中母虎问故。答曰："适遇一和尚无礼，只扰得他两片薄脆，就掠一本缘簿过来，不得不跑。"

注 释

①德回：诵经念佛布施等。②铙钹：乐器。

译 文

有个和尚做功德回来，路上遇到老虎，十分害怕，用一片铙钹打虎，老虎躲闪，又扑过来；和尚又投一片，老虎躲开又回来。于是和尚拿经卷向老虎扔去，老虎急忙跑回洞里。洞里母老虎问它为什么慌乱地跑回洞里，老虎回答说："刚才遇到一个和尚好没有道理，只吃了他两片薄脆，他就丢一大本化缘簿过来，我不得不跑。"

追 荐①

原 文

一僧追荐亡人，需银三钱，包送西方。有妇超度其夫者，送以低银。僧遂念往东方，妇不悦。以低银对，即算补之，改念西方。妇哭曰："我的天。只为几分银子，累你跑到东又跑到西，好不苦呀！"

注 释

①追荐：诵经礼忏，超度死者。

译 文

一个和尚超度死亡的人，需要收银子三钱，包送到西天极乐世界。有个妇女要求超度她的丈夫，给了二钱银子，和尚于是就念往东走，妇女不高兴，和尚怪她钱给少了。妇女立刻赔着笑脸又补给他一钱银子，和尚又改念往西方走。这个妇女哭喊着说："我的天，只为这几分银子，累得你跑到东又跑到西，好辛苦呀！"

哭响屁

原 文

一人以幼子命犯孤宿，乃送出家。僧设酒款待，子偶撒一屁甚响，父不觉大恸①。僧曰："撒屁乃是常事，何以发悲？"父曰："我想小儿此后要撒这个响屁，再不能够了。"

注 释

①大恸（tòng）：大哭。

译 文

一个人给儿子算命，说他命中注定要出家当和尚才能活长，于是就送儿子去当和尚。和尚很高兴，设酒宴款待，小儿偶然放了一个响屁，父亲不由得大哭起来。和尚说："放屁乃是常事，你为何要哭呢？"父亲说："我想小儿从今以后要放这么响的屁，是万万不能的了。"

闻香袋

原 文

一僧每进房，辄闭门口呼"亲肉心肝"不置。众徒俟其出，启钥寻之，无他物，惟席下一香囊耳。众疑此有来历，乃去香，实以鸡粪。僧既归，仍闭门取香囊，且嗅且唤曰："亲肉心肝呀，你怎么这等臭。非撒了一屁么？"

译 文

有个和尚每次走进卧室，总是关上门，口里"亲肉心肝"地叫个不停。徒弟们乘他外出，想要捉弄他。可是寻遍了他的卧室，也没发现任何可疑的东西，只有席子下有个香囊。徒弟们觉得这个香囊必定有些古怪，就把里面的香粉拿走，塞进鸡粪。和尚回来后，仍然关上门，取出香囊，一边闻一边呼唤道："亲肉心肝呀，你怎么这样臭。难道是放了一个屁吗？"

没骨头

原 文

　　秀才、道士、和尚三人，同船过渡。舟人解缆稍迟，众怒骂曰："狗骨头，如何这等怠慢！"舟人忍气渡众，下船撑到河中。停篙问曰："你们适才骂我狗骨头，汝秀才是甚骨头，讲得有理，饶汝性命，不然推下水去！"士曰："我读书人攀龙附凤①，自然是龙骨头。"次问道士，乃曰："我们出家人，仙风道骨，自然是神仙骨头。"和尚无可说得，乃慌哀告曰："乞求饶恕，我这秃子，从来是没骨头的。"

注 释

　　①攀龙附凤：指巴结投靠有权势的人以获取富贵。

译 文

　　秀才、道士、和尚三人同乘一船过河。艄公解缆绳稍微慢了一点儿，三个人就骂道："狗骨头，为什么这样慢？"艄公听了十分生气，忍气摆渡。撑到河中时，停船问道："你们刚才骂我狗骨头，你秀才是什么骨头？说得有理，饶你性命，否则推下水去！"秀才说："我们读书人攀龙附凤，自然是龙骨头。"艄公又问道士，道士说："我们出家人仙风道骨，自然是神仙骨头。"和尚没有什么可说，便慌忙哀求道："乞求饶恕，我这秃子，从来是没有骨头的。"

问 秃

原 文

　　一秀才问僧人曰："秃字如何写？"僧曰："不过秀才的尾巴弯过来就是了。"

译 文

　　有个秀才想取笑和尚，就问："秃字怎么写？"和尚回答道："只不过是把秀才的屁股翘上来就是了。"

道士狗养

猪栏内忽产下一狗，事属甚奇。邻里环聚议曰："道是①狗养的，又是猪的种；道是猪养的，又是狗的种。"

注释

①是：同"士"。

译文

母猪在猪栏内产下一只狗崽，大家感到很奇怪。邻居们围在一起议论说："道是狗养的，又是猪的种；道是猪养的，又是狗的种。"

跳　墙

原文

一和尚偷妇人，为女夫追逐，既跳墙，复倒坠，见地上有光头痕，遂捏拳即指痕土上如冠子样，曰："不怕道士不承认。"

译文

有个和尚偷戏一个妇女，被妇女的丈夫发现，追赶到墙下。和尚翻墙而过，倒栽下去，在泥地上留下了光头的痕迹，于是和尚握着拳头在地上压出了一个帽子的形状，说："不怕道士不承认。"

望烟囱

原文

富人才当饮啖，闲汉毕集。因问曰："我这里每到饭熟，列位便来，就一刻也不差，却是何故？"诸闲汉曰："遥望烟囱内烟出，即知做饭，熄则熟矣，如何得错。"

富人曰："我明日买个行灶①来煮，且看你们望甚么？"众曰："你煨了行灶，我等也不来了。"

①行灶：可以移动的灶。

有个富人，每当刚要吃饭的时候，闲汉们就都来了。因此，富人奇怪地问道："我这里每到饭熟的时候，各位就来了，一刻也不相差，你们是怎么知道的？"众闲汉回答说："远远地望见你家的烟囱内冒烟，就知道是在做饭，等烟灭了，就是饭熟了，怎么会弄错。"富人说："我明天去买个行灶来煮饭，看你们还望什么？"众闲汉说："你要是到了煨行灶的地步，我们也不会来了。"

忏　悔

孝子忏悔亡父，僧诵普庵咒。至"南无佛佗耶"句，孝子喜曰："正愁我爷难过奈何桥，多承佗过了。"乃出金劳之。僧曰："若肯从重布施，连你娘等我也佗了去罢。"

有个孝子向死去的父亲忏悔，请和尚念诵普庵咒以超生，念诵到"南无佛佗耶"句时，孝子高兴地说："正愁我爹难过奈何桥，承蒙你给驮过去了。"接着，孝子拿出钱慰劳和尚。和尚说："你如果肯献出更多的钱，连你娘等人我也驮过去。"

头　眼

一僧与人对弈，因夺角不能成眼，躁甚头痒。乃手摩头顶而沉吟曰："这个所在，有得一个眼便好。"

译 文

　　有个和尚与人下围棋，互相夺角做不成眼，和尚烦躁得脑袋发痒，于是手摸头顶沉吟说："这个地方，如果做成一眼，那就太好了。"

驱　蚊

原 文

　　一道士自夸法术高强，撇得好驱蚊符，或请得以贴室中。至夜蚊虫愈多。往咎道士。道士曰："吾试往观之。"见所贴符曰："原来用得不如法耳。"问："如何用法？"曰："每夜赶好蚊虫，须贴在帐子里面。"

译文

有个道士自夸法术高明，强人一筹，做得一手好驱蚊符。有人求他做了一道驱蚊符，贴在卧室里。到了晚上蚊虫更多，那人到道士那里责怪。道士说："待我去看看。"道士见了那人所贴的驱蚊符说："原来是用得不合方法的缘故。"那人问："那该怎么个用法？"道士说："要想每天晚上赶好蚊虫，必须将驱蚊符贴在蚊帐里面。"

谢　符

原文

一道士过王府基，为鬼所迷，赖行人救之，扶以归。道士曰："感君相救，无物可酬，有避邪符一道，聊以奉谢。"

译文

有个道士碰到王府的墓地，被鬼所迷，凭借过路人相救，扶他回来。道士说："感谢你相救，没什么东西可以酬谢，只有避邪符一道送给你，略表谢意。"

精彩点拨

僧道部讲了14则笑话，主要讲述和尚、道士、尼姑在日常生活中的真实言行，暴露了这个特殊群体的人性。古时候出家人一般分为两种，一种是在寺庙中修身养性，悠哉悠哉；一种是云游四海，闯荡江湖，漂泊人生。这两种出家人都是四大皆空，看破红尘，拥有很高的精神境界。但僧道部讲的这些笑话，使得人们对这个特殊群体有了新的认识和了解。吃斋念佛之人也有好与坏、善与恶、上与下之分，令人警觉、警醒。

阅读 积累

鬼城丰都

丰都鬼城旧名叫酆都鬼城，又称为"幽都""中国神曲之乡"，位于重庆市下游丰都县的长江北岸。丰都鬼城以各种阴曹地府的建筑和造型而著名，鬼城内有哼哈祠、天子殿、奈何桥、黄泉路、望乡台、药王殿等多座表现阴间的建筑。丰都自古以来就是文化名城，以其作为阴曹地府所在地的鬼文化而蜚声古今中外。这里流传着许多鬼神传说，《西游记》《聊斋志异》《说岳全传》《钟馗传》等许多中外文学名著对"鬼城"丰都均有生动的描述，颇富传奇色彩。

卷六　贫窭部

精彩导读

贫窭部是《笑林广记》的第六部，讲了 31 则笑话，主要描写的是穷人、富人、讨债者、逃债者、鬼神、窃贼等人物，这些性格不一、形象迥异的小人物在生活中扮演着不同的角色，有的狡猾、有的毒辣、有的心术不正、有的意识下流，读后令人哭笑不得。

白伺候

夜游神见门神夜立，怜而问之曰："汝长大乃尔，如何做人门客，早晚伺候，受此苦辛？"门神曰："出于无奈耳。"曰："然则有饭吃否？"答："若他要吃饭时，又不要我上门了。"

夜游神看见门神晚上站立在门口，很可怜他，就问道："你长得这样高大，为什么却要做人家的门客呢？白天黑夜地伺候，受这种辛苦？"门神回答说："我也是无可奈何呀！"夜游神说："既然这样，那么有没有饭吃呢？"门神回答说："哪里有饭吃。他吃饭的时候，他又不要我上门了。"

吃糟饼①

一人家贫而不善饮，每出啖糟饼二枚，便有醮意。适遇友人问曰："尔晨饮耶？"答曰："非也，吃糟饼耳。"归以语妻，妻曰："呆子，便说酒对，也装些体面。"夫额之。及出，仍遇此友，问如前。以吃酒对，友诘之："酒热吃乎冷吃乎？"答曰："是

熯②的。"友笑曰:"仍是糟饼。"既归,而妻知之。答曰:"汝如何说熯?须云热饮。"夫曰:"我知道了。"再遇此友,不待问即夸云:"我今番的酒是热吃的。"友问曰:"你吃几何?"其人伸手曰:"两个。"

注 释

①糟饼:用做酒剩下的渣子做的饼。②熯(hàn):用极少的油煎。

译 文

有一个穷人,不善于饮酒,每次出门吃两个糟饼,就有了醉意。有一次,刚好遇到一位朋友。朋友问他:"他今天早上饮酒啦?"穷人回答说:"没有,只不过吃了糟饼而已。"回到家里,穷人告诉了妻子。妻子说:"傻瓜,你就说吃了酒,也好装一些体面。"丈夫点头答应了。再次出门,又遇到了那位朋友,朋友仍像上一次那样问他,他就以喝酒来对答。朋友追问他说:"酒是热了吃还是冷着吃的?"穷人回答说:"是煎着吃的。"朋友笑着说:"还是吃了糟饼。"回家以后,妻子知道了,责怪他说:"你怎么能说是煎着吃的呢?应该说是热了吃的。"丈夫回答说:"我知道了。"再一次遇到那位朋友,穷人还没有等他问,就马上夸口说:"我今天的酒是热了吃的。"朋友问他:"你吃了多少?"穷人伸出两个手指头说:"两个。"

好古董

原 文

一富人酷嗜古董,而不辨真假。或伪以虞舜①所造漆碗,周公挞伯禽之杖,与孔子杏坛所从之席求售,各以千金得之。囊资既空,乃左执虞舜之碗,右持周公之杖,身披孔子之席,而行乞于市。曰:"求赐太公九府钱一文。"

注 释

①虞舜(yú shùn):三皇五帝之一,传说目有双瞳而取名重华,字都君;生于姚墟,故姚姓,今山东省诸城市万家庄乡诸冯村人。

译文

有个富人酷爱古董，但不辨真伪。有个人谎称有虞舜时所制的漆碗，周公挞伯禽的手杖和孔子杏坛所坐的席子要卖，富人分别用千金买来。富人所有资财已经抛空，于是左手拿着虞舜之碗，右手拄着周公之杖，身披孔子之席，行乞在街上，说："请赐给太公九府钱一文。"

不奉富

原文

千金子骄语人曰："我富甚，汝何得不奉承？"贫者曰："汝自多金，我保与而奉汝耶？"富者曰："倘分一半与汝何如？"答曰："汝五百我五百，我汝等耳。何奉焉？"又曰："悉以相送，难道犹不奉我？"答曰："汝失千金，而我得之。汝又当趋奉我矣。"

译文

有个富人手持千金傲慢地对穷人说："我十分富有，你为何不奉承我？"穷人说："你有许多钱，与我有什么相干，而让我奉承你？"富人说："假如分给你一半钱，你奉承我怎么样？"穷人回答说："如果那样，你有五百我也有五百，我们有一样多的钱，那么我为什么要奉承你呢？"富人又说："我把钱全部给你，难道还不奉承我吗？"穷人回答说："如果那样，你没有钱，而我却有钱了，你倒是应该尊奉我了。"

穷十万

原文

富翁谓贫人曰："我家富十万矣。"贫人曰："我亦有十万之蓄，何足为奇。"富翁惊问曰："汝之十万何在？"贫者曰："你平素有了不肯用，我要用没得用，与我何异？"

译文

富翁对穷人说："我家有十万之富。"穷人说："我也有十万之积蓄，何足为奇。"富翁吃惊地问道："你的十万在哪里？"穷人说："你一向有钱不肯用，我想用钱又用不了，你和我有什么区别？"

失 火

原 文

一穷人正在欢饮，或报以家中失火。其人即将衣帽一整，仍坐云："不妨。家当尽在身上矣。"或曰："令正①却如何？"答曰："她怕没人照管。"

注 释

①令正：旧时以嫡妻为正室，因用为称对方妻子的敬词。

译 文

有个穷人正在外边高兴地喝酒，有人告诉他家里失火了。穷人马上将衣帽整理了一下，仍然坐着不动说："不怕，家当都在身上呢。"报信儿的人说："你妻子怎么办？"穷人回答说："她还怕没人照管。"

夹 被

原 文

暑月有拥夹被卧者。或问其故。答曰："阿哟，棉被脱热。"

译 文

有个人在大热天抱着棉被躺着。有人问他为什么这样，那人回答说："棉被解热。"

金银锭

原 文

贫子持金银锭行于街市，顾锭叹曰："若得你硬起来，我就好过日子了。"旁人代答曰："要我硬却不能勾①，除非你硬了凑我。"

注 释

①勾：古同"够"，达到，实现。

译 文

穷人拿着金纸和银纸做的金银锭在街市里行走，瞧着金银锭慨叹说："如果你硬起来，我日子就好过了。"旁人代答道："要我硬起来不能够，除非你硬起来与我凑合起来。"

妻掇茶

原 文

客至乏人，大声讨茶。妻无奈，只得自送茶出。夫装鼾，乃大喝云："你家男人哪里去了？"

译 文

客人到来后，没人出来，客人便大喊要茶。妻子无奈只得亲自出来送茶，丈夫不愿见客，假装打鼾睡觉，以此搪塞。于是客人大声喊道："你家里的男人哪里去了？"

留 茶

原 文

有留客吃茶者，苦无茶叶，往邻家借之。久而不至，汤滚则溢，以冷水加之。既久，釜①且满矣，而茶叶终不得。妻谓夫曰："茶是吃不成了，不如留他洗个浴罢。"

注 释

①釜：古代的一种锅。

译 文

有个人留客人喝茶，因为没有茶叶而发愁，便到邻居家去借。很长时间邻居也没有送来。水开后往外溢，就不断往锅里添加凉水，过了半天，锅里的水已经满了，而茶叶最终也没有送来。妻子对丈夫说："茶是吃不成了，不如留他洗个澡算了。"

怕 狗

原文

客至乏仆，暗借邻家小厮，掇茶至客堂后，逡巡①不前。其人厉声曰："为何不至？"僮曰："我怕你家这只凶狗。"

注 释

①逡（qūn）巡：因为有所顾虑而徘徊不前。

译 文

主人好虚荣要面子，一天客人来了，主人暗借邻居家的小孩儿代替仆人。小孩儿倒茶后来到客厅逡巡不敢上前，主人大声斥责道："为何不往前走？"小孩儿说："我怕你家这只凶狗。"

食 粥

原文

一人家贫，每日省米吃粥，怕人耻笑，嘱子讳之。人前只说吃饭。一日，父同友人讲话，等久不进，子往唤曰："进来吃饭。"父曰："今日手段快，缘何煮得恁早？"子曰："早倒不早，今日又熬了些清汤。"

译 文

一人家中贫困，为了节约米，每天只煮稀粥吃。怕人笑话，嘱咐儿子不要说出去，在别人面前，只说吃饭。一天和邻人谈话，等很久未进门，儿子在门内喊："阿爸，进来吃饭。"父亲说："今天动作快，为何煮这么早？"儿子说："早倒是不早，今天又熬了一锅清汤。"

鞋袜讦讼

原文

一人鞋袜俱破，鞋归咎于袜，袜又归咎于鞋，交相讼之于官。官不能决，乃拘脚跟证之。脚跟曰："小的一向逐出在外，何由得知？"

译文

有人鞋子袜子都破了，鞋子归咎于袜子，袜子又归咎于鞋子，二者分别向当官的诉讼。当官的分辨不清，便拘拿脚跟做证，脚跟说："小的一向被驱逐在外面，怎么能够知道呢？"

被屑挂须

原文

贫家盖稿荐①，幼儿不知讳，父挞而戒之曰："后有问者，但云盖被。"一日父见客。而须上带荐草。儿从后呼曰："爹爹，且除去面上被屑着。"

注释

①稿荐：稻草、麦秸等编成的草垫子，用来铺床。

译文

有户贫寒人家睡觉盖草帘子，小儿不晓得隐讳，父亲打他之后告诫说："以后如有人问，只能说盖被。"有一天，父亲拜见客人，胡须上面沾着草屑，儿子从后面喊道："爹爹，快除掉你脸上沾着的被屑吧。"

烧黄熟

原文

清客见东翁烧黄熟香，辄掩鼻不闻，以其贱而不屑用也。主人曰："黄熟虽不佳，还强似府上烧人言、木屑。"清客大诧曰："我舍下何曾烧这两件？"主人曰："蚊烟是甚么做的。"

译文

有个帮闲的门客看见主人烧黄熟味道很香，总是捂起鼻子不闻，以表示黄熟不值钱

而且不值一用。主人说："黄熟虽不名贵，但强过你家烧的砒霜和碎木屑。"门客十分惊异地说："我家什么时候烧过这两样东西？"主人回答说："蚊烟是什么做的？"

拉银会

原 文

有人拉友作会，友固拒之不得。乃曰："汝若要我与会，除是跪我。"其人既下跪，乃许之。旁观者曰："些须会银，左右要还他的，如此自屈，吾甚不取。"答曰："我不折本的，他日讨会钱，跪还我的日子正多哩。"

译 文

有个人邀友助会，友人怕得要命，于是说："你如果要我助会，除非给我下跪。"那人立即跪下，友人才答应了。旁观的人说："只是借些会钱，早晚是要还他的，竟然如此屈身，我是很不赞成的。"那人回答说："我是不赔本的，以后他讨要会钱，为我下跪还我的日子多着呢！"

兑会钱

原 文

一人对客，忽转身曰："兄请坐，我去兑还一主会银，就来奉陪。"才进即出。客问："何不兑银？"其人笑曰："我曾算来，他是痴的，所以把会银与我。我若还他，是我痴的了。"

译 文

有个人面对客人，突然转身说："老兄请坐，我去兑还某人的会银，马上就回来奉陪。"刚一进去就出来了，客人问："为何没兑会银？"那人笑道："我曾谋算来，他是发痴的，所以才会把会银给我，我如果还他，便是我发痴了。"

剩石沙

原 文

一穷人留客吃饭，其妻因饭少，以鹅卵石衬于添饭之下。及添饭既尽，而石出焉。

主人见之愧甚，乃责妻曰："瞎眼奴才，淘米的时节，眼睛生在那里？这样大石沙，都不拿来拣出。"

译文

有个穷人留客人吃饭，妻子因为饭少，用鹅卵石垫在添饭碗之下。等到添饭，添饭碗中的饭已快没了，鹅卵石便露了出来。主人见此十分羞愧，便斥责妻子道："瞎眼奴才，淘米的时候，眼睛长在哪里了？这样的大石沙，都不拿出来扔掉。"

饭粘扇

原文

一人不见了扇子，骂曰："拿我的扇子去做羹饭[①]！"旁人曰："扇子如何做得羹饭？"其人曰："你不晓得，我的扇子，糊掇许多饭粘在上面。"

注释

①羹（gēng）饭：羹汤和饭。

译文

有个人不见了扇子，骂道："拿我的扇子去做羹饭！"旁边的人说："扇子怎能做得羹饭？"那人回答说："你不晓得，我的扇子糊了许多饭粘在上面。"

破　衣

原文

一人衣多破孔，或戏之曰："君衣好像棋盘，一路一路的。"其人笑曰："不敢欺，再着着，还要打结哩。"

译文

有个人衣服坏了很多孔，他人开玩笑对他说："你的衣服好像棋盘，一行一行

的。"那人笑道："不瞒你说，再穿一穿，还要打结哩。"

借　服

原　文

　　有居服制而欲赴喜筵者，借得他人一羊皮袄，素冠而往。人知其有服也，因问"尊服是何人的？"其人见友问及，以为讥诮其所穿之衣，乃遂视己身，作色而言曰："是我自家的，问他怎么？"

译　文

　　有个人正在服丧而要去参加喜筵，借了他人一件羊皮袄，未戴帽子就去了。别人晓得他正在服丧，便问他穿的皮袄是谁的，那人以为是讥诮他穿的衣服，于是看着自己的身体，生气地说道："是我自己家的，问它干什么？"

酒瓮盛米

原　文

　　一穷人积米三四瓮，自谓极富。一日与同伴行市中，闻路人语曰："今岁收米不多，止得三千余石。"穷人谓其伴曰："你听这人说谎，不信他一户人家，有这许多酒瓮。"

译　文

　　有个穷人积存粮食三四瓮，自以为十分富有。有一天与同伴走在街市上，听路人说："今年收米不多，只得三千余石。"穷人对其同伴说："你听这人多能说谎，不信他一户人家，有那么多的酒瓮。"

遇　偷

原　文

　　偷儿入贫家，遍摸无一物，乃唾地开门而去。贫者床上见之，唤曰："贼，有慢了，可为我关好了门去。"偷儿曰："你这样人家，亏你还叫我贼。我且问你，你的门关他做甚么？"

小偷进入一贫寒人家，到处寻摸没有一物，于是唾了一口便开门而去。穷人在床上见此，招呼道："贼，有所怠慢了，为我关好了门再去。"小偷回答道："你这样人家，亏你还叫我贼。我倒要问你，你的门关它干什么？"

被　贼

原文

穿窬①入一贫家，其家止蓄米一瓮，置卧床前。偷儿解裙布地，方取瓮倾米。床上人窃窥之，潜抽其裙去，急呼有贼。贼应声曰："真个有贼，刚才一条裙在此，转眼就被贼养的偷去了。"

注释

①穿窬（yú）：指小偷。

译文

窃贼进入一贫穷人家，其家只有蓄米一瓮，放在睡床跟前。小偷脱掉裙子铺在地上，刚要搬瓮倒米，被床上主人暗暗看到，主人悄悄抽走裙子，便急呼有贼。小偷应声说道："真的有贼，刚才一条裙子在这里，转眼就被贼养的偷去了。"

羞见贼

原文

穿窬往窃一家，见主人向外而睡，忽转朝里。贼疑其素有相识，欲遁去。其人大呼曰："来，不妨，因我家乏物可敬，无颜见你啰。"

有个小偷到一家去行窃，见主人面对外而睡，突然又转身向里，小偷怀疑主人素来相识，打算赶快逃走。主人大声喊道："来，不妨，因我家缺少东西敬送，没脸见你喽！"

变 爷

一贫人生前负债极多，死见冥王，王命鬼判查其履历①。乃惯赖人债者。来世罚去变成犬马，以偿前欠。贫者禀曰："犬马之报，所偿有限，除非变了他们的亲爷，方可还得。"王问何故，答曰："做了他家的爷，尽力去挣，挣得论千论万，少不得都是他们的。"

①履历：个人经历的简要说明。

有个穷人生前欠债极多，死后见到冥王，冥王让鬼判查清其履历。经查该人乃是一贯赖人债的，于是冥王判他转世变成犬马，以偿还前世所欠。穷人陈述说："犬马所能偿还的实在有限，除非变为他们的亲爹，才能偿还得了。"冥王问其原因，穷人回答说："做了他家的亲爹，挣得成千上万，少不得都是他们的。"

梦还债

欠债者谓讨债者曰："我命不久矣，昨夜梦见身死。"讨债者曰："阴阳相反，得生也。"欠债者曰："还有一梦。"问曰："何梦？"曰："梦见还了你的债。"

欠债人对讨债人说："我命已不长了，昨天夜里梦见死了。"讨债人说："阴阳相反，梦见死反是活矣。"欠债人说："还有一梦。"讨债人说："什么梦？"欠债人说："梦见还了你的钱。"

说出来

一人为讨债者所逼，乃发急曰："尔定要我说出来么？"讨债者疑其发己心疾，嘿然[1]而去。如此数次。一日发狠曰："由你说出来也罢，我不怕你。"其人又曰："真个说出来？"曰："真要你说。"曰："不还了。"

①嘿（mò）然：沉默无言的样子。

译 文

有个人被讨债者所逼，便撒谎说："你一定要我说出来吗？"讨债人怀疑他会揭露自己的短处犯了心脏病，于是不情愿地走了。一连多次，都是如此。一天，讨债人下决心说："由你说出来算了，我不怕你！"欠债人又说："当真你要我说出来？"讨债人说："真的要你说。"欠债人说："不还了。"

坐椅子

原 文

一家索债人多，椅凳俱坐满，更有坐上者。主人私谓坐者云："足下明日早些来。"那人意其先完己事，乃大喜。遂扬言发散众人。次日明即往。叩其相约之意。答曰："昨日有亵坐，甚是不安。今日来，可占把交椅。"

译 文

有户人家讨债人很多，椅凳都坐满，还有坐在门槛上的。主人悄悄地对坐门槛的人说："你明天早些来。"那人以为先要还他的债，十分高兴，于是劝说他人全部散去。那人第二天黎明时马上前往，述说前日相约之意。欠债人说："昨天有所亵渎，让你坐了门槛，很是不安，今天让你早来，可先占把交椅。"

扛欠户

原　文

有欠债屡索不还者，主人怒，命仆辈潜伺其出，扛之以归。至中途，仆暂息。其人曰："快走罢。休在这里，又被别人扛去，不关我事。"

译　文

有个欠债的，讨债人屡次索要不还，讨债人十分愤怒，让仆人们窥视其出，把他家东西扛回来。仆人们扛着东西返回，行到中途，暂时歇息，遇到欠债人，欠债人说："快走吧，歇在这里，如果被别人扛去，不关我的事。"

拘债精

原　文

冥王命拘蔡青，鬼卒误听，以为拘债精也，遂摄一欠债者到案。王询之，知其谬，命鬼卒放回。债精曰："其实不愿回去。阳间无处藏身，正要借此处一躲。"

译文

冥王让拘蔡青，鬼卒听错了，以为是拘债精，于是拘捕来一个欠债的人到案。冥王询问后知道拘捕错了，让鬼卒把他放回去。欠债人说："我其实不愿回去。人间没有地方藏身，正好借此来躲躲。"

精彩点拨

贫窭部讲了31则笑话，所谓贫窭就是贫穷的意思。自然，笑话中的人物都是处于社会下层的穷人。当人们看完这些笑话，在余兴未尽之时，静心思考，便感到这些笑话发人深省，意味无穷。

阅读积累

杏 坛

相传杏坛是孔子讲学之处，在山东省曲阜市孔庙的大成殿前。

《庄子·渔父篇》载："孔子游于缁帷（即黑帷，假托为地名）之林，休坐乎杏坛之上。弟子读书，孔子弦歌鼓琴。"宋代以前此处为大成殿，宋天圣二年（1024）孔子45代孙孔道辅监修孔庙时，在正殿旧址"除地为坛，环植以杏，名曰杏坛"。自此，杏坛遂成为教育圣地的代名词。

杏坛始建于金代，是为纪念孔子办学设教而建造的纪念物，位居殿庭之中，重檐。高12.05米，阔7.34米，平面正方形，四面敞开，每面3间。内用斗八藻井，瓦用黄色琉璃，彩画用金龙和玺，规格很高。元朝至元四年（1267）重修。明代隆庆三年（1569）改造重檐方亭，亭下有党怀英篆书"杏坛"二字碑和清代乾隆皇帝题"杏坛赞碑"。亭四周有石栏围护，四方有甬道可通。亭前石炉，雕刻精美，是金代文物。亭四周遍植杏树，每到春和景明，杏花盛开，灿然如火。孔子后裔60代衍圣公《题杏坛》诗云："鲁城遗迹已成空，点瑟回琴想象中。独有杏坛春意早，年年花发旧时红。"

卷七　讥刺部

精彩导读

讥刺部是《笑林广记》的第七部，讲了 44 则笑话，主要描写古时候各类人群的生活百态，对芸芸众生、世俗现象进行极力讽刺、挖苦、嘲弄。读来妙趣横生，令人开怀大笑，值得玩味。

素　毒

人问："羊肉与鹅肉。如何这般毒得紧？"或答曰："生平吃素的。"

有人问："羊肉与鹅肉为什么有这样大的腥臊气？"另一人回答说："是因为一生都吃素。"

笑话一担

原文

秀才年将七十，忽生一子。因有年纪而生，即名年纪。未几又生一子，似可读书，命名学问。次年，又生一子。笑曰："如此老年，还要生儿，真笑话也。"因名曰笑话。三人年长无事，俱命入山打柴，及归，夫问曰："三子之柴孰多？"妻曰："年纪有了一把，学问一点儿也无，笑话倒有一担。"

译文

有个秀才年近七十，他的妻子突然生了一个儿子，因为年岁已高才生了儿子，就取名为"年纪"。过了不久，又生了一个儿子，看模样像个读书的，便取名为"学问"。第三年又生了一个儿子，秀才笑道："这样大的岁数了，还能得子，真是笑话。"于是取名为"笑话"。三个儿子长大后无事可做，秀才让他们进山打柴，等到回来，丈夫问妻子说："三个人谁打的柴多？"妻子说："年纪有了一把，学问一点儿也没有，笑话倒是有一担。"

引　避

原文

有势利者，每出逢冠盖，必引避。同行者问其故，答曰："舍亲。"如此屡屡，同行者厌之。偶逢一乞丐，亦效其引避，曰："舍亲。"问："为何有此令亲？"曰："但是好的，都被尔认去了。"

译文

有一个好虚荣的人，出门时遇到达官显贵路过，就避在一边。同行的人问他为什么这样做，他说："那是我的亲戚。"这样好多次，每次他都这样，同行的人都觉得讨厌。后来，忽然路上遇到一个乞丐，同行的人就仿效他的做法，也躲避到旁边，说："那个乞丐是我的亲戚。"爱虚荣的人就问："你怎么有这样的穷亲戚？"同行的人说："因为凡是好的，都被你认去了。"

吃橄榄

原文

乡人入城赴酌，宴席内有橄榄焉。乡人取啖，涩而无味，因问同席者曰："此是何物？"同席者以其村气，鄙之曰："俗。"乡人以"俗"为名，遂牢记之，归谓人曰："我今日在城尝奇物，叫名'俗'。"众未信，其人乃张口呵气曰："你们不信，现今满口都是俗气哩。"

译 文

有个农夫进城赴宴，席中有橄榄。农夫拿到嘴里吃，既涩又不好吃，于是问同席的人说："这是什么东西？"同席的人认为他粗俗，鄙视地说："俗。"农夫以为"俗"是橄榄名，便牢记在心，回家后对人说："我今天在城里吃到一种稀奇的果子，名叫'俗'。"大家听了不相信，农夫便张口呵气说："你们不信，现在我满口都是俗气哩。"

嘲滑稽客

原 文

一人留客午饭，其客已啖尽一碗，不见添饭。客欲主人知之，乃佯言曰："某家有住房一所要卖。"故将碗口向主人曰："椽子也有这样大。"主人见碗内无饭，急呼使童添之。因问客曰："他要价值几何？"客曰："于今有了饭吃，不卖了。"

译 文

有个人留客人吃午饭，那个客人已吃完了一碗，没有人为他添饭。客人想要主人晓得，就假装说道："某家有住房一所要卖。"接着故意将碗口对着主人说："椽子也有碗口这样粗。"主人看到碗内没有饭了，急忙呼喊仆童给他添饭。随即向客人问道："他卖多少钱？"客人回答说："如今有了饭吃，不卖了。"

圆 谎

原 文

有人惯会说谎。其仆每代为圆之。一日，对人曰："我家一井，昨被大风吹往隔壁人家去了。"众以为从古所无。仆圆之曰："确有其事。我家的井，贴近邻家篱笆，昨晚风大，见篱笆吹过井这边来，却像井吹在邻家去了。"一日，又对人曰："有人射下一雁，头上顶碗粉汤。"众又惊诧之。仆圆曰："此事亦有。我主人在天井内吃粉汤，忽有一雁堕下，雁头正跌在碗内，岂不是雁顶着粉汤。"一日，又对人曰："寒家有顶温天帐，把天地遮得严严的，一些空隙也没有。"仆人攒眉曰："主人脱煞，扯这漫天谎，叫我如何遮掩得来。"

译 文

有个人习惯说谎话，他的仆人每次都替他圆谎。有一天，他对人说："我家的一口井，昨天被大风吹到隔壁家去了。"大家认为这样的事从古到今都没有过。他的仆人为他圆谎说："确实有这样的事，我家的井挨近邻家的篱笆，昨晚风大，把篱笆吹到井这边来，就像井吹到邻居家去了。"一天，他又对人说："有人射下一只雁，头上顶碗粉汤。"大家又非常惊讶，不相信他说的话。他的仆人又为他圆谎说："这件事也有，我主人在天井内吃粉汤，忽然，有一只雁掉下来，雁头正好跌在碗里，岂不是雁头顶着粉汤？"又一天，他又对别人说："寒家有顶温天帐，把天地遮得严严的，一点儿空隙都没有。"仆人听了这话，很为难地皱着眉头说："主人说得太过分了，扯这漫天大谎，叫我怎么遮掩得来。"

利水学台

原 文

秀才家丁，把娃娃撒尿，良久不撒，吓之曰："学台来了。"娃娃立刻撒尿。秀才问其故，答曰："我见你们秀才一听学台下马，吓得尿屎齐出，如此知之。"秀才叹曰："想不到这娃娃能承父志，克绍书香；更想不到这学台善利小水，能通二便。"

译 文

秀才家里的仆人，抱娃娃撒尿，很长时间小孩儿也不撒。仆人就吓唬他说："学台来了。"娃娃立刻就撒尿。秀才问他为什么，回答道："我见你们秀才一听学台来了，吓得尿屎都出来了，所以就这样吓唬他。"秀才感叹地说："想不到这娃娃能继承父亲的志愿，接续书香；更想不到这学台善于利尿，能通大小便。"

怕考生员

原 文

秀才怕岁考，一闻学台下马，惊慌失色，往接学台，见轿夫怨之曰："轿夫奴才，轿夫奴才，你为何把一个学台抬了来，吓得我魂飞天外。那一世我做轿夫，你做秀才，我也把学台给你抬了来，看你魂儿在不在。"

译文

秀才怕每年的考试，一听说考生员来了，惊慌失色，跑上前来，迎接考生员，看见了抬轿的人就埋怨说："轿夫奴才，轿夫奴才，你为什么把一个考生员抬来？吓得我魂飞魄散。哪一辈子我做了轿夫，你做了秀才，我也把学台给你抬了来，看你魂儿在不在？"

孝 媳

原文

一翁曰："我家有三媳妇，俱极孝顺。大媳妇怕我口淡，见我进门就增盐了。次媳妇怕我寂寞，时常打竹筒鼓与我听。第三媳妇更孝，闻说'夜饭少吃口，活到九十九'。故早饭就不与我吃。"

译文

一位老人说："我家有三个媳妇，都很孝顺。大媳妇怕我口淡，一看我遗门，就往菜里多放盐。二媳妇怕我寂寞，时常打竹筒鼓给我听。第三个媳妇更孝顺，听说'夜饭少吃口，活到九十九。'所以，干脆连早饭也不给我吃了。"

看 扇

原文

有借佳扇观者，其人珍惜，以绵绸衫衬之。扇主看其袖色不堪，谓曰："倒是光手拿着罢。"

译文

有个人借别人的精美扇子观赏。他接过扇子，非常珍惜，用自己的绵绸衫衬在手心，拿着扇子观看。扇主见他的衣袖实在是肮脏不堪，便对他说："你还是光手拿着它看吧。"

搬是非

寺中塑三教像，先儒、次释、后道。道士见之，即移老君于中。僧见，又移迦于中。士见，仍移孔子于中。三圣自相谓曰："我们原是好好的，却被这些小人搬来搬去搬坏了。"

译文

寺庙里塑有三教的圣像：先是儒教圣像，次是佛教圣像，后是道教圣像。道士见了，马上将老君移到中位；和尚见了，又将释迦牟尼移到中位；读书人见了，又将孔子移到中位。三位圣人自相说道："我们原是好好的，却被这些小人搬来搬去，搬坏了。"

丈　人

原文

有以岳丈之力得中魁选者。或为语嘲之曰："孔门弟子入试，临揭晓。闻报子张第九，众曰：'他一貌堂堂，果有好处。'又报子路第十三，众曰：'这粗人倒也中得高，还亏他这阵气魄好。'又报颜第十二，众曰：'他学问最好，屈了他些。'又报公冶长第五，大家骇曰：'那人平时不见怎的，为何倒中在前？'一人曰：'他全亏有人扶持，所以高掇①。'问：'谁扶持他？'曰：'丈人。'"

译文

有个人凭借岳父之力得以中魁。有人编了一套话讥讽说："孔门弟子入试，临到揭晓，闻报子张排名第九，众人说：'他相貌堂堂，果然有好的位次。'又报子路排名第十三，众人说：'这粗人倒也中得高，全靠他这阵子神气好。'又报颜渊排名第十二，众人说：'他学问最好，屈了他些。'又报说公冶长排名第五，大家吃惊地说：'那人平时不怎么样，为什么倒中在前面？'其中有个人说：'他全亏有人扶持，所以高中。'众人问：'谁扶持他？'那人回答：'丈人。'"

大 爷

一人牵牛而行，喝人让路。不听，乃云："看你家爷来。"一人回视曰："难道我家有这样一个大爷？"

译 文

有个人牵着牛走在路上，喊前面的人让路，他们不听，于是便说："看你家的大爷来了。"其中一个回过头看着牛说："难道我家里有这样一个大爷吗？"

苏杭同席

原 文

苏、杭人同席。杭人单吃枣子，而苏人单食橄榄。杭问苏曰："橄榄有何好处？而爱吃他？"曰："回味最佳。"杭人曰："等你回味好，我已甜过半日了。"

译 文

苏、杭二人同席，杭州人只吃枣子，而苏州人只吃橄榄。杭州人问苏州人说："橄榄有什么好的，而你偏爱吃它。"苏州人说："回味最佳。"杭州人说："等你回味好了，我已经甜过半天了。"

狗衔锭

原 文

狗衔一银锭而走，人以肉喂他不放，又以衣罩去，复又甩脱。人谓狗曰："畜生，你直恁不舍，既不爱吃，复不好穿，死命要这银子何用？"

译 文

有一只狗叼起一块银锭便狂奔起来，人用肉喂它仍然不撒掉，随即又用衣服罩去，狗又跑脱。人对狗说："畜生，你怎么那样舍不得，既不好吃，又不好穿，不要命地要这银子有什么用？"

不停当

原 文

有开当者，本钱甚少。首月，于招牌上写"当"，未久，本钱发没，取赎人不来，于"当"之上写一"停"字，言停当也。及后赎者再来，本钱复至，又于"停"字之上，加一"不"字。人见之曰："我看你这典铺中实实有些不停当了。"

译 文

有个开当铺的，本钱很少。开业第一个月，在招牌上写一个"当"字。没多长时间，本钱发没了，取赎人不来，于是在"当"之上，又加上一个"停"字，是说"停当"了。等到后来，当物人取赎，又有了本钱，便在"停当"前加上一个"不"字。人们见了说："我看你这当铺实实在在有些不停当了。"

十只脚

原 文

关吏缺课，凡空身人过关，亦要纳税，若生十只脚者免。初一人过关无钞，曰："我浙江龙游人也。龙是四脚，牛是四脚，人两脚，岂非十脚？"许之。又一人求免税曰："我乃蟹客也。蟹八脚，我两脚。岂非十脚？"亦免之。末后一徽商过关，竟不纳税，关吏怒欲责之。答曰："小的虽是两脚，其实身上之脚还有八只。"官问："哪里？"答曰："小的徽人，叫做徽獭猫，猫是四脚，獭又是四脚，小的两脚，岂不共是十只脚？"

译 文

关吏缺钱了，凡是空手人过关也要纳税，除非长十只脚的人才可免税。开始时，有个人过关没钱，说："我是浙江龙游人。龙是四脚，牛是四脚，人两脚，难道不是十只脚吗？"关吏允许他过了关。又有一人请求免税，说："我是蟹客。蟹八只脚，我是两只脚，难道不是十只脚吗？"关吏一听也免了他的税。最后一个徽商过关，竟然不想纳税，关吏大怒要打他，那人回答说："小人我虽然是两只脚，其实身上的脚还有八只。"关吏问："在哪里？"那人回答说："小的徽人，叫作徽獭猫，猫是四脚，獭是四脚，小的两脚，岂不是一共十只脚？"

亲家公

原文

有见少妇抱儿于怀，乃讨便宜曰："好个乖儿子。"妇知其轻薄，接口曰："既好，你把女儿送他做妻子罢。"其人答曰："若如此，你要叫我做亲……家公了。"

译文

有个人见少妇抱小儿在怀，就讨便宜说："好个乖儿子！"少妇知其轻薄，便接话说："那好，你把女儿送给他做妻子吧。"那人回答道："如果那样，你要叫我做亲……家公了。"

中　人

原文

玉帝修凌霄殿，偶乏钱粮，欲将广寒宫①典与下界人皇。因思中人亦得一皇帝便好，乃请灶君皇帝下界议价。既见朝，朝中人讶之曰："天庭所遣中人，何黑如此？"灶君笑曰："天下中人，哪有是白做的。"

注　释

①广寒宫：月中仙宫。

译文

玉帝修凌霄殿，偶然缺少钱粮，想将广寒宫当给人间的皇帝。玉帝考虑使者也得是一位皇帝才好，于是请灶君皇帝下到人间商议价格。等灶君到了人间的朝廷，朝廷里的人惊讶地说："天上派的使者，为什么这样黑。"灶君笑道："天下的使者，哪有是白做的。"

媒　人

原文

有忧贫者，或教之曰："只求媒人足矣。"其人曰："媒安能疗贫乎？"答曰："随你穷人家，经了媒人口，就都发迹了。"

译文

有个整天忧愁贫穷的人，别人教导他说："只要求媒人说一说就够了。"那个忧贫的人说："媒人怎么能救得贫穷呢？"回答说："不论哪个穷人家，只要经过媒人嘴一说，就都发迹了。"

精　童

原文

有好外者，往候一友。友知其性，呼曰："唤精童具茶。"已而，献茶者乃一奇丑童子也。其人曰："似此何名精童？"友曰："正佳一些人（银）气也无得。"

译文

有个好虚荣要面子的人，去朋友家拜访。主人晓得他的秉性，便喊道："招呼精童备茶。"不一会儿，一个奇丑的仆童进来献茶。那人说："这样的仆童为何称为精童？"主人回答说："好图虚荣。"

相　称

原文

一俗汉造一精室，室中罗列古玩书画，无一不备。客至，问曰："此中若有不相称者，幸指教，当去之。"客曰："件件俱精，只有一物可去。"主人问："是何物？"客曰："就是足下。"

译文

有个平庸的人建造了一所精美之室，室中罗列古玩书画，没有一样不备。客人来了，主人问道："室中如有不相称的，请你指教，以便去掉。"客人说："件件俱精，只有一物可以去掉。"主人说："是什么东西？"客人说："就是你。"

性不饮

原 文

一人以酒一瓶，腐一块，献利市神。祭毕，见狗在旁，速命童子收之。童方携酒入内，腐已为狗所啖。主怒曰："奴才！你当收不收，只应先收了豆腐。岂不晓得狗是从来不吃酒的！"

译 文

有个人用一瓶酒、一块豆腐，祭典财神。祭典之后，见狗在旁边，急忙让仆童把祭品收起来。仆童刚把酒拿进去，豆腐已被狗吃了。主人生气道："奴才！你该收的不收。应该先收豆腐，难道不晓得狗是从来不喝酒的！"

担鬼人

原 文

钟馗专好吃鬼，其妹送他寿礼，帖上写云："酒一坛，鬼两个，送与哥哥做点剁。哥哥若嫌礼物少，连挑担的是三个。"钟馗看毕，命左右将三个鬼俱送庖人烹之。担上鬼谓挑担鬼曰："我们死是本等，你却何苦来挑这担子？"

译 文

钟馗专好吃鬼，他的妹妹给他送来寿礼，帖子上写道："酒一坛，鬼两个，送与哥哥做点剁。哥哥若嫌礼物少，连挑担的是三个。"钟馗看完后，命侍从将三个鬼送给厨师烹熟。担上鬼对挑担鬼说："我们本来该死，毫无怨言，你却何苦来挑这担子。"

鬼 脸

原 文

阎王差鬼卒拘三人到案，先问第一人："你生前做何勾当？"答云："缝连补缀。"王曰："你迎新弃旧，该押送油锅。"又问第二个："你做何生理？"答曰："做花卖。"王曰："你节外生枝，发在油锅。"再问第三个，答曰："糊鬼脸。"王曰："都押到油锅去。"其人不服曰："我糊鬼脸，替大王张威壮势，如何同犯此罪？"王曰："我怪你见钱多的，便把好脸儿与他，那钱少的，就将歹脸来欺他。"

译 文

　　阎王差遣鬼卒拘拿三人到案，先问第一人说："你生前是干什么的？"回答说："缝连补缀。"阎王说："你迎新弃旧，该押送油锅。"阎王又问第二个："你是干什么的？"回答说："做花卖。"阎王说："你节外生枝，发往油锅。"阎王再问第三个，回答说："糊鬼脸。"阎王说："都押到油锅去。"第三人不服说："我糊鬼脸，替大王您张威壮势，为什么遭受同等下场？"阎王说："我怪恨你见钱多的，便把好脸给他；钱少的，就将孬脸给他。"

牙　虫

原 文

　　有患牙疼者，无法可治。医者云："内有巨虫一条，如桑蚕样，须捉出此虫方可折根。"问："如何就有恁大？"医曰："自幼在牙（衙）门里吃大，是最伤人。"

译 文

　　有个人牙疼，无法医治。医生说："牙床里有一条巨虫，像桑蚕模样，必须捉出此虫才能断绝病根。"那人问道："怎么能有恁大？"医生说："自幼在牙（衙）门里吃大，是最伤人的。"

狗肚一鲫

原 文

　　新官到任，吏献鲫鱼一尾，其味佳美，大异寻常。官食后，每思再得，差役遍觅无有。仍向前吏索之。吏禀曰："此鱼非市中所贾。昨偶宰一狗，从狗肚中所得者，以为异品，故敢上献。"官曰："难道只有此鲫了？"吏曰："狗肚里焉得有第二鲫[①]？"

注 释

　　①鲫：同"句"。

译　文

　　有个新官到任，属吏献上一尾鲫鱼，其味道极好，与常鱼大不相同。官吏吃了以后，还想得到这样的鱼，差役到处寻找也没有，于是，官吏依旧向前面献鱼的属吏要鱼，属吏禀报说："此鱼不是市场买的。昨天我宰杀了一条狗，从狗肚子里得到那条鱼，认为是珍品，所以才敢上献。"官吏说："难道只有此鲫了？"属吏说："狗肚里怎么能有第二句？"

吃粮披甲

原　文

　　一耗鼠在阴沟内钻出，近视者睨视良久，曰："咦！一个穿貂裘的大老官。"鼠见人随缩入，少刻，又一大龟从洞内扒出，近视曰："你看穿貂裘的主儿才缩得进去，又差出个披甲兵儿来了。"

译　文

　　一只耗鼠在阴沟里钻出，有个近视眼睨视良久，说："咦！一个穿貂皮袄的大老官。"耗鼠见到人随即缩回，不一会儿，又有一只大乌龟从洞里爬出来，近视眼说："你看穿貂皮袄的主儿刚缩回去，又派出个披铠甲的。"

好乌龟

原　文

　　时值大比，一人缘科举一名，命卜者占龟，颇得佳象，稳许今科奏捷。其人大喜，将龟壳谨带随身。至期点名入场，主试出题，旨解茫然，终日不成一字。因抚龟叹息曰："不信这样一个好乌龟，如何竟不会做文字！"

译　文

　　时逢科举考试，有个人想中第一名，让卜人用龟壳占卜，颇得佳像。卜人称这次科举稳中无疑。那人十分高兴，将龟壳小心地带在身上。等到考试那天点名入场，主考官出题，那人对其题旨茫然不解，终日也没写成一个字。于是抚摸龟壳叹息道："不信这样一个好乌龟，怎么竟不会做文章？"

有钱夸口

 原 文

一人迷路，遇一哑子，问之不答，惟以手作钱样，示以得钱，方肯指引。此人喻其意，即以数钱与之。哑子乃开口指明去路，其人问曰："为甚无钱装哑？"哑曰："如今世界，有了钱，便会说话耳！"

译 文

有个人迷了路，遇到一个"哑巴"，问而不答，"哑巴"只用手比画钱的模样，示意要给钱，才肯指引。迷路人明白其意思，马上拿出数钱给了"哑巴"。"哑巴"于是开口指明去路，迷路人问道："为什么装哑？""哑巴"说："如今世界，有了钱，便会说话。"

白蚁蛀

原 文

有客在外，而主人潜入吃饭者。既出，客谓曰："宅上好座厅房，可惜许多梁柱都被白蚁蛀坏了。"主人四顾曰："并无此物。"客曰："他在里面吃，外面人如何知道。"

译 文

有客人在外厅，而主人进里屋暗自吃饭，等主人出来后，客人对主人说："你宅上好座厅房，可惜许多梁柱都被白蚂蚁蛀坏了。"主人环顾四周说："并没有此物。"客人说："它在里面吃，外面怎么会知道。"

吃 烟

原 文

人有送夜羹饭甫毕，已将酒肉啖尽。正在化纸将完，而群狗环集。其人曰："列位来迟了一步，并无一物请你，都来吃些烟罢。"

译 文

有个人送夜羹饭之后，已将酒肉吃光。正在焚纸，即将烧完时，群狗围着火堆聚集起来，那人说："诸位来迟了一步，没有什么东西相赠，请你们都来吃些烟吧。"

烦 恼

原 文

或问："樊迟①之名谁取？"曰："孔子取的。"问："樊哙②之名谁取？"曰："汉祖取的。"又曰："烦恼之名谁取？"曰："这是他自取的。"

注 释

①樊迟：名须，字子迟。春秋末鲁国人（一说齐国人）。孔子学生。②樊哙：沛县（今江苏省沛县）人。汉朝开国大臣，大将军，左丞相。

译 文

有个人问："樊迟之名是谁给取的？"另一人回答说："孔子取的。"问："樊哙之名谁给取的？"回答说："汉高祖取的。"又问："烦恼之名谁给取的？"回答说："这是他自己取的。"

猫逐鼠

原 文

昔有一猫擒鼠，赶入瓶内。猫不舍，犹在瓶边守候。鼠畏甚，不敢出，猫忽打一喷嚏。鼠在瓶中曰："大吉利。"猫曰："不相干。凭你奉承得我好，只是要吃你哩！"

译 文

从前，有只猫抓老鼠，把老鼠赶进瓶里，猫不肯舍弃，便在瓶子旁边看守。老鼠十分害怕，不敢出来。猫忽然打了一个喷嚏，老鼠在瓶子里说："十分吉利。"猫说："不相干，任凭你奉承得我再好也没用，我只是要吃你哩！"

祝 寿

原文

　　猫与耗鼠庆生，安坐洞口，鼠不敢出。忽在内打一喷嚏，猫祝曰："寿年千岁！"群鼠曰："他如此恭敬，何妨一见？"鼠曰："他何尝真心来祝寿，骗我出去，正要狠嚼我哩。"

译文

　　猫给耗鼠庆祝生日，守在老鼠洞口。老鼠不敢出来，忽然在洞里打了一个喷嚏，猫祝贺说："祝你们福寿千岁。"群鼠说："猫如此恭敬，何妨出去相见。"其中有只老鼠说："他何尝是真心祝寿，它骗我们出去，正是要狠狠咀嚼我们哩！"

心 狠

原文

　　一人戏将数珠挂猫项间，群鼠私相贺曰："猫老官已持斋念佛，定然不吃我们的了。"遂欢跃于庭。猫一见，连捕数个，众鼠奔走，背地语曰："吾等以他念佛心慈了，原来是假意修行。"一答曰："你不知。于今世上修行念佛的，比寻常人的心肠更狠十倍。"

译文

　　有个人开玩笑，将数个珠子挂在猫脖子上，群鼠暗地里相祝贺说："猫老官已经吃斋念佛，一定不吃我们了。"于是在庭院欢腾跳跃，猫看见了，接连捕吃数个，众老鼠狂奔逃跑，背地里说道："我们以为他念佛有慈善之心了，原来是假意修行。"其中一只老鼠回答说："你们不晓得，当今世上修行念佛的，比平常人的心更狠十倍。"

嘲恶毒

原文

　　蜂与蛇结盟。蜂云："我欲同你江上一游。"蛇曰："可。你须伏在我背间。"行到江中，蛇已无力，或沉或浮，蜂疑蛇害己，将尾刺钉紧在蛇背上。蛇负疼骂曰："人说我的口毒，谁知你的屁股更毒。"

译 文

蜂与蛇结盟。蜂说："我想同你到江里一游。"蛇说："可以，你必须趴在我背上。"行到江中，蛇已没了力气，时沉时浮。蜂怀疑蛇要害自己，将毒刺紧叮在蛇背上，蛇十分疼痛，骂道："人说我的口毒，谁知你的屁股更毒。"

讥人弄乖

原 文

凤凰寿，百鸟朝贺，惟蝙蝠不至。凤责之曰："汝居吾下，何踞傲①乎？"蝠曰："吾有足，属于兽，贺汝何用？"一日，麒麟生诞，蝠亦不至。麟亦责之。蝠曰："吾有翼，属于禽，何以贺汝？"麟、凤相会，语及蝙蝠之事。互相慨叹曰："于今世上恶薄，偏生此等不禽不兽之徒，真个无奈他何！"

注 释

①踞傲：踞，通"倨"，骄傲自大。

译 文

凤凰寿辰，众鸟拜贺，只有蝙蝠不到，凤凰斥责蝙蝠说："你位居我下，却不来拜贺，为何如此傲慢？"蝙蝠说："我有脚，属于兽，为什么要拜贺你？"一天，麒麟过生日，蝙蝠也没有到。麒麟也斥责蝙蝠。蝙蝠说："我有翅膀，属于禽，为什么要拜贺你？"麒麟与凤凰相会，谈及蝙蝠之事，互相慨叹说："当今世上恶薄，偏偏生出这样不禽不兽的东西，真是奈何他不得。"

白 嚼

原 文

三人同坐，偶谈及家内耗鼠可恶。一曰："舍间饮食，落放不得，转眼被他窃去。"一云："家下衣服书籍，散去不得，时常被他侵损。"又一曰："独有寒家老鼠不偷食咬衣，终夜咨咨叫到天明。"此二人曰："这是何故？"答曰："专靠一味白嚼。"

译 文

有三个人坐在一起，偶然谈及家里的老鼠可恶。甲说："家里吃的，散放不得，否则一转眼就将被它们偷去。"乙说："家里的衣服、书籍也散放不得，时常被它们咬坏。"丙说："惟有我家的老鼠不偷吃的、穿的，整夜吱吱叫到天明。"甲乙二人问："那是什么原因？"丙回答说："专靠一味白嚼。"

取 笑

原 文

甲乙同行，甲望见显者冠盖，谓乙曰："此吾好友，见必下车，我当引避。"不意竟避入显者之家。显者既入门，诧曰："是何自撞，匿我门内？"呼童挞而逐之。乙问曰："既是好友，何见殴辱？"答曰："他从来是这般与我取笑惯的。"

译 文

甲乙二人同行，甲望见一个显者的车乘，对乙说："这是我的好友，他见我必定下车，我应该回避。"不想竟躲避到那个显者的家里。显者进门，惊诧说："是何人撞进来，藏在我的院子里。"于是呼喊仆人揍他并把他驱赶了出来。乙问道："既然是好友，为什么被他殴打侮辱？"甲回答说："他从来都是这样，和我取笑惯了。"

避首席

原 文

有痨疾病者，延医调治，医辞不肯用药。病者曰："我亦自知难医，但要服些生痰动气的药，改作痨①、膨二症。"医曰："疯、痨、膨、膈。同是不起之症，缘何要改？"病者曰："我闻得疯、痨、膨、膈，乃是阎罗王的上客。我生平怕坐首席，所以要挪在第二、第三。"

注 释

①痨：指积劳损削之病。

译 文

有个人患了疯疾，请医调治，医生推辞不肯用药。病人说："我也晓得难医，但希望吃些生痰动气的药，改作痨、膨二症。"医生说："疯、痨、膨、膈，同是治不好的病，为何要改？"病人说："我听说疯、痨、膨、膈是阎王的上客，我生平怕坐首席，所以想要挪在第二、第三。"

瓦 窑

原 文

一人连生数女，招友人饮宴。友作诗一首，戏赠之云："去岁相招因弄瓦①，今年又弄瓦相招，弄去弄来都弄瓦，令正原来是瓦窑。"

注 释

①弄瓦：古时民间指生女孩儿。

译 文

有个人连生数女，招朋友喝酒。朋友开玩笑作诗一首，赠给他说："去年相招因弄瓦，今年弄瓦又相招。弄去弄来都弄瓦，你的妻子原来是瓦窑。"

嘲周姓

原 文

浙中盐化地方，有查、祝、董、许四大家族，簪缨世胄，科中连绵。后有周姓者，偶发两榜，其居乡豪横，欲与四大姓并驾齐驱。里人因作诗嘲之曰："查祝董许周，鼋鼍①蛟龙鳅，江淮河海沟，虎豹犀象猴。"

注 释

①鼋鼍（yuán tuó）：大鳖和猪婆龙。

译 文

浙江盐化地区，有查、祝、董、许四大家族，世代做官，连年中举。后来姓周的家族，偶然中了两次科举，便在乡里豪横，打算与查、祝、董、许四大家族并驾齐驱。乡里人于是作诗一首讥讽道："查祝董许周，鼋鼍蛟龙鳅，江淮河海沟，虎豹犀象猴。"

认　族

原 文

有王姓者，平素最好联谱，每遇姓相似者，不曰寒宗，就说敝族。偶遇一汪姓者，指为友曰："这是舍侄。"友曰："汪如何为是盛族？"其人曰："他是水窠路里王家。"遇一匡姓者，亦认是侄孙，其人曰："匡与王，一发差得远了。"答曰："他是槿墙内王家。"又指一全姓，亦云："是舍弟。""一发甚么相干？"其人曰："他从幼在大人家做篾片的王家。"又指姓毛者是寒族，友大笑其荒唐，曰："你不知，他本是我王家一派，只因生了一个尾巴，弄得毛头毛脑了。"人问："王与黄同音，为何反不是一家？"答曰："如何不是，那是廿一都田头八家兄。"

译 文

有个姓王的人，一向最好联谱，每当遇到姓相似的人，不曰寒宗，就说敝族。偶然遇到一个姓汪的，指给朋友说："这是舍侄。"朋友问："汪姓怎么会是和你同族？"回答说："他是水窠路里王家。"遇到一个姓匡的，那人也认作侄孙，朋友说："匡与王，更差得远了。"那人回答说："他是槿墙内王家。"那人又指一姓全的，也说是舍弟。朋友说："更是不相干了。"那人说："他是从小在大人家做篾片的王家。"那人又指姓毛的是寒家，朋友大笑其荒唐，那人说："你不晓得他本是我王家一派，只因他生了一个尾巴，弄得毛头毛脑了。"朋友问："王与黄同韵，为什么反而不是一家？"那人回答说："怎么不是，那是廿一都田头八家兄。"

精彩点拨

讥刺部讲了44则笑话，主要选取古时候不同的人群在生活中的笑料。采用比喻、拟人等手法，通过诙谐、幽默的语言，给人们奉献了趣味浓厚的开心果。笑话中有写吃菜的、有写说谎的、有写秀才的、有写娃娃的、有写当铺的、有写鬼怪的、有写猫鼠的、有写嫖客的等等，真是讥刺得入木三分，令人拍案叫绝。

阅读积累

广寒宫

广寒宫是古代中国神话传说中位于月球的宫殿，月球的居民有月神、月光娘娘、太阴星君、嫦娥、吴刚、玉兔。月宫也称蟾宫，民间将嫦娥奔月后所居住的屋舍命名为广寒宫。自古以来民间有很多关于嫦娥的传说故事。有这样一则传说：

在南天门职守的吴刚很喜欢月亮里的嫦娥，他俩彼此倾慕，常常相会，因此，吴刚疏于职守，传到了玉皇大帝耳朵里。玉皇大帝非常生气，狠狠地惩罚吴刚，发配吴刚到月亮里砍伐一棵名为月亮树的大树。今后吴刚要想与嫦娥相会，必须砍光这棵月亮树，否则，就不能重返南天门，连与嫦娥见面的机会都没有。从此吴刚开始砍树，快把树砍完了，玉皇大帝派来的乌鸦捉弄吴刚，又把大树恢复了原貌。吴刚没有办法，只得继续砍树，年复一年，没有尽头。

卷八 贪吝部

---- 精彩导读 ----

贪吝部是《笑林广记》的第八部，讲了55则笑话，主要描写了古时候生活中一些人的贪婪而又吝啬的丑态。编者采用夸张、比喻、拟人等手法，运用诙谐而幽默的语言，深刻揭露这种现象的本质，一针见血地批判当时社会一些人的劣行和不良风气。

开 当

原 文

有慕开典铺者，谋之人曰："需本几何？"曰："大典万金，小者亦须千计。"其人大骇而去。更请一人问之，曰："百金开一钱当亦可。"又辞去。最后一人曰："开典如何要本钱，只须店柜一张，当票数纸足亦。"此人乃欣然。择期开典。至日，有持物来当者。验收讫，填空票计之。当者索银，答曰："省得称来称去，费坏许多手脚。待你取赎时，只将利银来交便了。"

译 文

有一个人，羡慕开当铺的人收入高，就请教别人："开一个当铺需要多少本钱？"别人回答说："如果开大当铺，需要上万金，开小当铺也得上千金。"问的人听了，大吃一惊地走了。又向另外一个人请教，那人对他说："开当铺，只要有一百金的本钱就行了。"那人听了后，又走了。最后又请教一个人，这人说："开当铺哪还要什么本钱？只要有一张柜台，有一本当票就够了。"那人听了，便很高兴地选了个好日子开张营业了。接着就有一个人拿了东西来当，他验收完后，就给当东西的人开了一张空头当票。当东西的人向他要钱，他说："你拿着这当票就行了，省得银子称来称去的麻烦，你在取赎东西时，把利钱给我就行了。"

酒煮滚汤

原 文

有以淡酒宴客者。客尝之，极赞府上烹调之美。主曰："粗肴未曾上桌，何以见得？"答曰："不必论其他，只这一味酒煮白滚汤，就妙极了。"

译 文

有个人请客人喝酒，酒味很淡，客人尝了，就称赞他家很会烹调。主人说："简单的饭菜还没有上桌，怎能说得上好呢？"客人说："别的不说，就这一道酒煮白开水，就妙极了。"

大 眼

原 文

主人自食大鱼，却烹小鱼供宾，误遗大鱼眼珠于盘，为客所觉。因戏言："欲求鱼种，归蓄之池。"主谦曰："此小鱼耳，有何足取。"客曰："鱼虽小，难得这双大眼睛。"

译 文

有个人自己吃大鱼，却做小鱼给客人吃，一不小心把大鱼的眼珠留在盘子里，被客人发现。客人开玩笑说："想要种鱼，放在鱼池里。"主人谦虚地说："这个是小鱼，有什么值得要的。"客人说："鱼虽然小，但是难得有这双大眼睛。"

萝葡做证

原 文

有学博者，宰鸡一只，伴以萝葡制馔①，邀请青衿二十辈食之。鸡魂赴冥司②告曰："杀鸡供客，此是常事，但不合一鸡供二十余客。"冥司曰："恐无此理。"鸡曰："萝葡做证。"及拘萝葡审问，答曰："鸡你欺心，那日供客，只见我，何曾见你。"博士家风类如此。

注 释

①馔（zhuàn）：食物。②冥司：阴间的长官。

译 文

有个学识渊博的人，杀了一只鸡，加上萝卜做成菜，邀请二十位朋友来吃饭。鸡死之后，它的魂灵到九泉之下阎罗王那里去告状说："杀鸡给客人吃，这本来是正常的事，但也不应该一只鸡供二十个客人吃。"冥司问："恐怕没有这样的事。"鸡说："萝卜可以做证。"等到抓来了萝卜审问时，萝卜却说："鸡你昧着良心说话，那天待客，只看见我，什么时候见到过你？"学识渊博家的风气就这样啊。

出外难

原 文

客人雇船往杭州，清早打米煮饭，艄婆背着客人将淘过湿米偷起一大碗，放在灶头里，客人瞧见不便明言，坐在官舱内，连声高叫曰："在家千日难，出外一时好。"艄婆曰："客人说错了，在家千日好，出外一时难，因何反说呢？"客人曰："你既晓得我难，把灶头里一碗米，求你放在锅里罢。"

译 文

有个客人雇船前往杭州，清早洗米煮饭，划船的老婆婆背着客人，把淘过的湿米偷起一大碗，藏在锅台的里边，正好被客人看见。客人不好意思明说，就坐在船舱里高声说："在家千日难，出外一时好。"划船的老婆婆说："客人您说错了，在家千日好，出外一时难，为什么说反了呢？"客人道："既然你知道我难，把锅台里的一碗米，求你放在锅里吧！"

厕 吏

原 文

一吏人贪婪无厌，遇物必取，人无不被害者。友人戏之曰："观汝所为，他日出身除是管厕混斯无所耳。"吏曰："我若司厕，一般有钱欲登厕者，禁之不许，彼必赂我；本不登厕者，逼之登厕，彼无奈何，岂患不赂我耶？"

译 文

一个官吏贪得无厌，看见东西一定要拿，没有人不被他坑害的。有个朋友开玩笑地对他说："我看你的所作所为，以后你除了管厕所，才能不浑水摸鱼捞一把。"这个官吏却说："我如果管厕所，一般有钱的想上厕所的人，不让他用，他一定会贿赂我；原来不想上厕所的，逼他上厕所，他没有办法，难道还愁他不贿赂我吗？"

各挑行李

原 文

兄弟三人经商投宿，共买一鱼烹调在案，长兄唱驻云飞一句曰："这个鱼我要中间一段儿。"二兄唱曰："我要头和尾，谁敢来争嘴。"三弟曰："喳，汤儿是我的。"仆夫初犹觊望①，或得沾味，闻此则绝望矣，进前作揖唱曰："告君知，明日登程，各自挑行李，那时节辛勤怨得谁，那时节辛勤怨得谁？"

注 释

①觊望：企望。

译 文

兄弟三人经商，半路上在一家旅馆投宿。合伙只买了一条鱼，做好了之后放在桌子上。长兄唱驻云飞中的一句道："这个鱼儿我要中间一段儿。"二兄唱道："我要头和尾，谁敢来争嘴？"三弟唱道："喳，汤儿是我的。"仆人最初还在那偷偷地看，以为或许能够跟着尝到点儿味，听到这儿，就彻底失望了，上前作揖唱道："告君知，明日登程，各自挑行李，那时节辛勤怨得谁，那时节辛勤怨得谁？"

请 神

原 文

一吝者，家有祷事，命道士请神，乃通诚请两京神道。主人曰："如何请这远的？"道士答曰："近处都晓得你的情性，说请他，他也不信。"

译 文

有个吝啬鬼，家遇祈祷之事，让道士请神驱邪，道士恳请两京神道。主人说："为何请远的？"道士回答说："近处的神都晓得你的秉性，说请他，他也不信。"

好放债

原 文

一人好放债。家已贫矣，止馀斗粟，仍谋煮粥放之。人问曰："如何起利？"答曰："讨饭。"

译 文

有个人好放债，家里已穷了，只剩斗米，仍计划煮粥放债。别人问他："怎样收取利息？"那人回答说："讨饭。"

大东道

原 文

好善者曰："闻当日佛好慈悲，曾割肉喂鹰，投崖喂虎，我，欲效之。但鹰在天上，虎在山中，身上有肉，不能使啖。夏天蚊子甚多，不如舍身斋了蚊。"乃不挂帐，以血伺蚊。佛欲试其虔诚，变一虎啖之。其人大叫曰："小意思吃些则可，若认真这样大东道，如何当得起！"

译 文

有个好行善的人说："听说佛祖慈悲好行善，曾经割自己的肉喂老鹰，并投下悬崖喂老虎。我要仿效他，但老鹰在天上，老虎在深山里，我身上的肉他们吃不到。夏天蚊虫极多，不如舍身斋济蚊虫算了。"于是不再挂蚊帐，以血喂蚊虫。佛祖想要试验他是否虔诚，变做一只老虎来吃他，那人大叫道："小意思吃点儿倒可以，但如果真的来了这样一个大吃客，叫我如何担当得起。"

打半死

原文

一人性最贪，富者语之曰："我白送你一千银子，与我打死了罢。"其人沉吟良久，曰："只打我半死，与我五百两何如？"

译文

有个人十分贪婪，富人对他说："我白送你一千两银子，让我打死你吧。"那人沉吟半晌，回答道："只打我半死，给我五百两怎么样？"

兄弟种田

原文

有兄弟合种田者，禾既熟，议分。兄谓弟曰："我取上截，你取下截。"弟讶其不平，兄曰："不难，待明年，你取上，我取下，可也。"至次年，弟催兄下谷种，兄曰："我今年意欲种芋头①哩。"

注释

①芋头：即芋母。

译文

有兄弟俩合伙种田，庄稼已经成熟，二人商议如何分配。哥哥对弟弟说："我要上半截，你要下半截。"弟弟听了十分吃惊，认为不公，哥哥回答说："这好办，等到明年，你要上半截，我要下半截。"弟弟同意了。到了第二年春天，弟弟催促哥哥播种，哥哥说："我今年打算要种芋头哩。"

合伙做酒

甲乙谋合本做酒，甲谓乙曰："汝出米，我出水。"乙曰："米若我的，如何算账？"甲曰："我绝不亏心，到酒熟时。只还我这些水罢了。其余多是你的。"

译文

甲乙两人商议合伙酿酒，甲对乙说："你出米，我出水。"乙说："米如果我出，最后如何算账？"甲说："我绝不占你的便宜，到酿好酒时，只把水还给我，其余的全都归你。"

翻　脸

原文

穷人暑月无帐，复惜蚊烟费，忍热拥被卧。蚊其面，邻家有一鬼脸，借而带之。蚊口不能入，谓曰："汝不过惜一文钱耳，如何便翻了脸？"

译文

有个穷人暑天没有蚊帐，又吝惜点蚊香觉得太浪费，忍耐暑热盖被而睡。蚊子叮咬他的脸，于是，他向邻居借来一个鬼脸戴在脸上。蚊子咬不着他的脸，说道："你不过吝惜一文钱罢了，为何便翻了脸？"

画　像

原文

一人要写行乐图，连纸笔颜料，共送银二分。画者乃用水墨于荆川纸上，画出一背像。其人怒曰："写真全在容颜，如何写背？"画者曰："我劝你莫把面孔见人罢。"

译　文

　　有个人请画师画一幅肖像，连同纸笔颜料在内，共给了画师二分银子。于是画师用墨水在荆川纸上画了一个人的背影。那人见了大怒道："画像全在人的容貌，为什么画背？"画师说："我劝你莫把面孔见人吧。"

许日子

原　文

　　一人性极吝啬，从无请客之事。家僮偶持碗一篮，往河边洗涤①，或问曰："你家今日莫非宴客耶？"僮曰："要我家主人请客，除非那世里去！"主人知而骂曰："谁要你轻易许下他日子！"

注　释

　　①洗涤：清洗。

译　文

　　有个人极其吝啬，从来没请过客。家里的仆僮偶尔拿一篮碗到河边去洗涤，有人问道："你家今天莫非要请客吗？"仆僮回答说："要我家主人请客，除非下辈子。"主人知道了此事骂道："谁让你轻易许下他日子！"

携　灯

原　文

　　有夜饮者，仆携灯往候。主曰："少时天便明，何用灯为？"仆乃归。至天明，仆复往接。主责曰："汝大不晓事，今日反不带灯来，少顷就是黄昏，叫我如何回去？"

译　文

　　有个夜间在外饮酒的人，仆人携灯去接他。主人说："再过一会儿天就亮了，拿灯来有什么用呢？"仆人于是回去了。到了天亮，仆人又去接他，主人责怪道："你太不懂得事理，现在反而不带灯来，一会儿就是黄昏，叫我怎么回去？"

不留客

客远来久坐，主家鸡鸭满庭，乃辞以家中乏物，不敢留饭。客即借刀，欲杀己所乘马治餐。主曰："公如何回去？"客曰："凭公于鸡鸭中，告借一只，我骑去便了。"

译 文

有个客人远道而来，坐了很久，主人家里本是鸡鸭满院，但仍然借口说家里缺少东西，不敢留客人吃饭。客人马上借刀，打算杀掉自己骑的马做饭菜。主人说："那你怎么回去？"客人说："请你在鸡鸭中借我一只，我骑着就是了。"

不留饭

原 文

一客坐至晌午，主绝无留饭之意。适闻鸡声，客谓主曰："昼鸡啼矣。"主曰："此客鸡不准。"客曰："我肚饥是准的。"

译 文

一个客人坐到中午，主人毫无留饭之意，正好赶上鸡叫，客人对主人说："鸡报时该吃午饭了。"主人说："这只待客的鸡报时不准。"客人说："我肚饥是准的。"

射 虎

原 文

一人为虎衔去，其子执弓逐之，引满欲射。父从虎口遥谓其子曰："我儿须是兜脚射来，不要伤坏了虎皮，没人肯出价钱。"

译 文

一个人被老虎叼去，他的儿子拿着弓箭去追赶，拉开弓箭要射。父亲从虎口里远远地对儿子喊道："我儿一定要射老虎的脚，不要伤坏了虎皮，不然没人肯出好价钱。"

吃　人

原文

一人远出回家，对妻云："我到燕子矶，蚊虫大如鸡。后过三山硖，蚊虫大如鸭。昨在上新河，蚊虫大如鹅。"妻云："呆子，为甚不带几只来吃。"夫笑曰："它不吃我就够了，你还敢想去吃它！"

译文

有个人出远门回家后对妻子说："我到燕子矶，蚊虫大如鸡。后过三山硖，蚊虫大如鸭。昨在上新河，蚊虫大如鹅。"妻子说："呆子，为什么不带几只回来吃。"丈夫笑道："它不吃我就够了，你还敢想去吃它。"

卖粉孩儿

原文

一人做粉孩儿出卖，生意甚好。谓妻曰："此后只做束手的，粉可稍省。"果卖去。又曰："此后做坐倒的，当更省。"仍卖去。乃曰："如今做头而卧者，不更省乎！"及做就，妻提起看曰："省则省矣，只是看看不像个人了。"

译文

一个人做粉孩儿出卖，生意甚好，他对妻子说："以后只做没有手的，那样可节省一些粉。"结果也卖掉了。那人又对妻子说："以后只做坐着的，那样更节省。"结果仍然卖掉了。接着，他又对妻子说："如果做低头躺着的，不更节省吗？"等到做完了，妻子拿起来说："省倒是省了，只是看看不像人了。"

独管裤

原文

一人谋做裤而吝布，连唤裁缝，俱以费布辞去。落后一裁缝曰："只须三尺足矣。"其人大喜，买布与之，乃缝一脚管，令穿两足在内。其人曰："迫甚，如何行得？"缝匠曰："你脱煞要省，自然一步也行不开的。"

有个人想做一条裤子，又怕多费布，一连找了好几个裁缝，都因为嫌费布没做成。最后一个裁缝说："只需要三尺布就足够了。"那个人十分高兴，买布交给了裁缝。裁缝于是缝了一只裤腿，让他把两腿穿在里边。那人说："着急的时候，如何行走？"裁缝说："你死命要省，自然一步也行走不了了。"

莫想出头

一性吝者，买布一丈，命裁缝要做马衣一件，裤一条，袜一双，余布还要做顶包巾。匠每以布少辞去。落后一裁缝曰："我做只消八尺，倒与你省却两尺，何如？"其人大喜，缝者竟做成一长袋，将此人从头顶口用绳收紧。其人曰："气闷极矣。"匠曰："遇着你这悭吝鬼，自然是气闷的。省是省了，要想出头却难哩。"

译 文

有个人十分贪吝，买了一丈布，欲让裁缝做一件马褂、一条裤子、一双袜子，剩余的布还要做顶帽子。许多裁缝都因为布不够用而不为他做。最后有个裁缝说："我做只需用八尺，还可以省下两尺，怎么样？"那人听了十分高兴。裁缝竟然做成一个长口袋，将那人从头套到脚，之后用绳绑紧袋口。那人说："太气闷了。"裁缝回答道："遇着你这个吝啬鬼，自然是要气闷的，布省是省了，但想要出头却难哩！"

七 德

原 文

一家延师，供馔甚薄。一日，宾主同坐，见篱边一鸡，指问主人曰："鸡有几德？"主曰："五德。"师曰："以我看来，鸡有七德。"问："为何多了二德？"答曰："我便吃得，你却舍不得。"

译 文

有户人家聘请了一个教书先生，供给的饭食很差。有一天，主人与教书先生坐在

一起，看到篱边一只鸡，教书先生指着鸡向主人问道："鸡有几德？"主人说："五德。"教书先生说："以我看来，鸡有七德。"主人问："为什么多了二德？"教书先生回答说："我便吃得，你却舍不得。"

下 饭

原 文

二子同餐，问父用何物下饭，父曰："古人望梅止渴，可将壁上挂的腌鱼，望一望吃一口，这就是下饭了。"二子依法行之。忽小者叫云："阿哥多看了一眼。"父曰："咸杀了他。"

译 文

两个儿子一同吃饭，问父亲用什么东西下饭，父亲说："古人望梅止渴，你们可将墙壁上挂的咸鱼干，看一眼吃一口，这样下饭就行了。"两个儿子依言而行。忽然小儿子叫道："哥哥多看了一眼。"父亲回答说："咸死他。"

吃榧伤心

原 文

有担榧子①在街卖者，一人连吃不止。卖者曰："你买不买，如何只吃？"答曰："此物最能养脾。"卖者曰："你虽养脾，我却伤心。"

注 释

①榧（fěi）子：为红豆杉科植物香榧的种子。

译 文

有个人挑着榧子在街上卖，一个人连吃不止。卖榧子的人说："你到底买不买，为什么只管吃？"那人回答道："这种东西最能养脾。"卖榧子的人说："你虽然养脾，我却伤心。"

一味足矣

原文

一先生开馆，东家设宴相待。以其初到加礼，乃宰一鹅奉饮。饮至酒阑①。先生谓东翁曰："学生取扰的日子正长，以后饮馔，务须从俭，庶得相安。"因指盘中鹅曰："日日只此一味足矣，其余不必罗列。"

注释

①阑：尽。

译文

有个教书先生新到一户人家教书，主人设宴相待，因为教书先生初来乍到，特宰杀一只鹅，以敬礼义。酒快喝完的时候，先生对主人说："我在这教学的日子很长，以后饮酒用餐，务须从俭，才能得以相安。"接着指其盘中鹅说："每天只此一味就够了，其余的不必破费。"

蘸　酒

原文

有性吝者，父子在途，每日沽酒一文，虑其易竭，乃约用箸头蘸尝之。其子连蘸二次，父责之曰："如何吃这般急酒！"

译文

父子俩十分吝啬。有一次二人赶路，每天买酒一文，担心酒易喝尽，便约定用筷头蘸着吃。其儿子连蘸两次，父亲斥责儿子说："为何这样吃急酒！"

吞　杯

原文

一人好饮，偶赴席，见桌上杯小，遂作呜咽之状。主人惊问其故，曰："睹物伤情

耳。先君去世之日，并无疾病，因友人招饮，亦似府上酒杯一般，误吞入口，咽死了的。今日复见此杯，焉得不哭？"

译 文

有个人好喝酒，偶然去参加宴席，见桌上酒杯很小，于是装作呜咽之态。主人问他为何呜咽，那人回答说："睹物伤情啊，先父去世那天，并无疾病，而是由于朋友相邀饮酒，也像您府上的酒杯一样小，误吞入口，因此被噎死了。今天又见一样小的酒杯，怎能不哭？"

恋 席

原 文

客人恋席，不肯起身。主人偶见树上一大鸟，对客曰："此席坐久。盘中肴尽，待我砍倒此树，捉下鸟来，烹与执事侑酒，何如？"客曰："只恐树倒鸟飞矣。"主云："此是呆鸟，他死也不肯动身的。"

译 文

有个客人贪恋酒席，不肯起身。主人碰巧看见树上有只大鸟，便对客人说："这宴席已吃很久了，盘里的菜也没了，等我砍倒那棵大树，捉下那只鸟来，煮熟给您下酒，怎么样？"客人说："只怕树倒鸟就飞啦。"主人说："这是只呆鸟，死也不肯动身的。"

恋 酒

原 文

一人肩挑磁壶，各处货卖。行至山间，遇着一虎，咆哮而来。其人怆甚，忙将一壶掷去，其虎不退。再投一壶，虎又不退。投之将尽，止存一壶，乃高声大喊曰："畜生畜生，你若去，也只是这一壶，你就不去，也只是这一壶了！"

译 文

有个人肩挑瓷壶，到处去卖。有一天走到山间，遇到一只老虎，咆哮而来，此人十分惶恐，忙将一个瓷壶掷去，老虎仍不肯退走，又投一个瓷壶，老虎还是不退。瓷壶即将投尽，只剩下一个瓷壶，于是高声大叫道："畜生畜生，你如果离开，也只是这一个瓷壶了，你即便不离开，也只是这一个瓷壶了。"

四 脏

原文

一人贪饮过度，妻子私相谋议曰："屡劝不听，宜以阴事动之。"一日，大饮而哕。子密袖猪膈，置哕中，指以谓曰："凡人具五脏，今出一脏矣，何以生耶？"父熟视曰："唐三藏尚活世，况我有四脏乎！"

译文

有个人贪饮过度，妻子和儿子暗地相商说："多次劝止他喝酒都不见效，宜用惊险之事吓唬他。"有一天那人吃猪下水喝酒，酒后呕吐了不少污物。儿子在袖子里密藏猪膈，放到吐出的污物之中，并指着对父亲说："凡人共有五脏，现在你吐出一脏，靠什么活呢？"父亲仔细看了一会儿说："唐三藏只有三脏还能活，况且我有四脏呢？"

梦戏酌

原文

一人梦赴戏酌，方定席，为妻惊醒，乃骂其妻。妻曰："不要骂，趁早睡去，戏文还未半本哩。"

译文

有个人梦里去看戏，刚刚坐稳，被妻子惊醒，于是大骂妻子。妻子说："不要骂，趁早睡去，戏文还未演到一半哩！"

梦美酒

原文

一好饮者，梦得美酒，将热而饮之。忽被惊醒，乃大悔曰："早知如此，恨不冷吃。"

有个好喝酒的人，做梦时得到好酒，打算热了以后再喝，突然被惊醒，于是十分懊悔，说："早知如此，不如趁冷喝了。"

截酒杯

原 文

使僮斟酒不满，客举杯细视良久，曰："此杯太深，当截去一段。"主曰："为何？"客曰："上半段盛不得酒，要他何用？"

译 文

仆僮斟酒不满，客人举杯端视许久，说："此杯太深，应当截去一段。"主人说："为什么？"客人说："上半截盛不得酒，要它有什么用？"

切薄肉

原 文

主有留客饭，仅用切肉一碗，既嚣且少。乃作诗以诮之。曰："君家之刀利且锋，君家之手轻且松。切来片片如纸同，周围披转无二重。推窗忽遇微小风，顿然吹入五云中。忙忙令人觅其踪，已过巫山十二峰。"

译 文

主人留客吃饭，仅供切肉一碗，既薄又少。客人于是作诗一首讥诮说："君家之刀利且锋，君家之手轻且松。切来片片如纸同，周围披转无二重。推窗忽遇微小风，顿然吹入五云中。忙忙令人觅其踪，已过巫山十二峰。"

满盘多是

原 文

客见座上无肴，乃作意谢主人，称其太费。主人曰："一些菜也没有，何云太费？"客曰："满盘都是。"主人曰："菜在那里？"客指盘曰："这不是菜，难道是肉不成？"

译文

客人见桌子上面没有菜肴，于是故意感谢主人，说其太破费。主人说："一点儿菜也没有，怎能说太破费？"客人说："满桌子都是。"主人说："菜在哪里？"客人指着空盘子说："这不是菜，难道是肉不成？"

滑 字

原文

一家延师，供膳菲薄①。时值天雨，馆僮携午膳至，肉甚少。师以其来迟，欲责之。僮曰："天雨路滑故也。"师曰："汝可写滑字我看，如写得出，便饶你打。"僮曰："一点儿，一点儿，又是斜坡一点儿。其余都是骨了。"

注释

①菲薄：微薄。指物的数量少。

译文

有户人家聘请了一个教书先生，供给的饭食十分微薄。有一天正赶上下雨，主人家的仆僮送来午饭，肉很少。教书先生借口送饭晚了，要斥责他。仆僮说："是天下雨路滑的缘故。"教书先生说："你可以写个'滑'字给我看，如果写得出来，便饶了你。"仆僮说："一点儿，一点儿，又是斜坡一点儿，其余都是骨了。"

和头多

原文

有请客者，盘飧①少而和头多，因嘲之曰："府上的食品，忒煞富贵相了。"主问："何以见得？"曰："葱蒜萝卜，都用鱼肉片子来拌的，少刻鱼肉上来，一定是龙肝凤髓②做和头了。"

注 释

①飧（sūn）：食品。②龙肝凤髓：比喻极难得的珍贵食品。

译 文

有个人请客，每盘都是肉少而搭配的菜多，客人于是嘲讽道："府上的食品，太富贵相了。"主人问："何以见得？"客人回答说："葱蒜萝卜，都用鱼肉片子做配菜；等一会儿鱼肉上来，一定是龙肝凤髓做配菜了。"

盛骨头

原 文

一家请客，骨多肉少。客曰："府上的碗想是偷来的。"主人骇曰："何出此言？"客曰："我只听见人家骂说，'偷我的碗，拿去盛骨头。'"

译 文

有户人家请客，骨头多肉少。客人说："府上的碗想是偷来的。"主人十分震惊，说："为何说出这样的话？"客人说："我听见有人骂道：'偷我的碗，拿去盛骨头！'"

收骨头

原 文

馆僮怪主人每食必尽，只留光骨于碗，乃对天祝曰："愿相公活一百岁，小的活一百零一岁。"主问其故，答曰："小人多活一岁，好收拾相公的骨头。"

译 文

家僮怨恨主人每次吃饭必定吃光，只在碗里留下骨头，于是对天祝愿说："愿您活到一百岁，小人活到一百零一岁。"主人问仆僮为何这样祝愿，仆僮回答说："小人我多活一年，好给您收骨头。"

涂　嘴

原文

或有宴会，座中客贪馋不已，肴梗既尽。馆僮愤怒而不敢言，乃以锅煤涂满嘴上，站立旁侧。众人见而讶之，问其嘴间何物，答曰："相公们只顾自己吃罢了，别人的嘴管他则甚。"

译文

在一次宴席上，宴席上的人贪吃不已，菜肴已经吃光，家僮愤怒而不敢说，于是用锅底灰涂满嘴巴，站立旁边。众人看见后十分惊讶，问他嘴上是什么东西，仆僮回答说："你们的嘴只顾自己吃就是了，别人的嘴管他干什么！"

索　烛

原文

有与善啖者同席，见盘中俱尽，呼主翁拿烛来。主曰："得无太早乎？"曰："我桌上已一些不见了。"

译文

有个人与一个贪吃的人一起吃饭，见菜盘已光，便招呼主人拿蜡烛来。主人说："是不是太早了？"那人回答说："我桌上已经什么都看不见了。"

借　水

原文

一家请客，失分一箸。上菜之后，众客朝拱举箸。其人袖手而观。徐向主人曰："求赐清水一碗。"主问曰："何处用之？"答曰："洗干净了指头，好拈菜吃。"

译文

有户人家请客吃饭，少摆了一双筷子。众人举起筷子互让吃菜，没拿到筷子的那个

人动也不动地看着。等了一会儿，那人对主人说："请您赐给我一碗清水。"主人问道："干什么用？"那人回答说："洗干净了指头，好抓菜吃。"

善 求

原 文

有做客异乡者，每入席，辄狂啖不已，同席之人甚恶之。因问曰："贵处每逢月蚀①。如何护法？"答曰："官穿公服群聚。率兵校持兵击鼓为对，俟其吐出始散。"其人亦问同席者曰："贵乡同否？"答曰："敝处不然，只是善求。"问："如何求法？"曰："合掌了手，对黑月说道：'阿弥陀佛，脱煞凶了，求你省可吃些，剩点与人看看罢。'"

注 释

①月蚀：即月食。

译 文

有个在外乡做客的人，每次入席吃饭，都狂吃不停，同桌的人都很厌恶他。因此有人问他："你们家乡每逢月食怎么办？"回答说："官府里的人穿公服聚集起来，率领军人拿着武器击鼓奏乐，等到月亮出来之后散去。"那人也向同席的人问道："贵处的做法也是相同的吗？"回答说："敝处不是那样做，只是善于祈求。"那人问如何求法，回答道："合掌对天狗说：'阿弥陀佛，请你发点儿慈悲少吃些吧，剩下点儿给大家看看吧。'"

好 啖

原 文

甲好啖，手不停箸，问乙曰："兄如何箸也不动？"乙还问曰："兄如何动也不住？"

译 文

甲好吃，手不停筷，问乙道："你为何不动筷子？"乙反问道："你为何动筷不停？"

同席不认

有客馋甚，每入座。辄饕①餐不已。一日与之同席，自言曾会过一次。友曰："并未谋面，想是老兄错认了。"及上菜后，啖者低头大嚼，双箸不停。彼人大悟。曰："是了，会便会过一次，因兄只顾吃菜，终席不曾抬头，所以认不得尊容，莫怪莫怪。"

注 释

①饕（tiè）：贪食。

译 文

有个人极馋，每次入席都旁若无人，贪吃不已。有一次，友人和他一起吃饭，贪吃者说曾和他见过一面，朋友说："我们并没有见过面，想是老兄您认错了。"等到上菜后，贪吃者低头大嚼，两根筷子忙个不停。友人突然醒悟，说："对了，见面确实见过一次，因您只顾吃菜，整个宴席间不曾抬头，所以不认识您的尊容，莫怪莫怪。"

喜属犬

原 文

一酒客讶同席者饮啖太猛，问其年，以属犬对。客曰："幸是属犬，若属虎，连我也都吃下肚了。"

译 文

有个酒客见一个同席的人吃喝极猛，感到十分惊讶，便问那人有多大岁数了，那人回答说："属狗。"酒客说："幸亏属狗，如果属虎，连我也都吃下肚了。"

问 肉

原 文

一人与瞽者同席。先上东坡肉一碗，瞽者举箸即钳而啖之。同席者恶甚。少焉复来

捞取，盘中已空如也。问曰："肉有几块？"其人愤然答曰："九块。"瞽者曰："你倒吃了八块么。"

译文

有个人与一个盲人同席，先上来一碗东坡肉，盲人拿起筷子马上夹了一块吃起来。那人十分厌恶，不一会儿盲人又来夹肉，盘中已经没了。盲人问道："一共有几块肉？"那人没好气地回答道："九块。"盲人说："你倒吃了八块吗？"

罚变蟹

原文

一人见冥王，自陈一生吃素，要求个好轮回。王曰："我哪里查考，须剖腹验之。"既剖，但见一肚馋涎。因曰："罚你去变一只蟹，依旧吐出了罢。"

译文

有个人死后见了冥王，自述一生吃素，要求有个好托生。冥王说："我无法考查，只得剖腹检验。"剖腹后，只见一肚子馋水。于是冥王判道："罚你去变一只螃蟹，照旧把涎水吐出来算了。"

不吃素

原文

一人遇饿虎，将遭啖，其人哀恳曰："圈有肥猪，愿将代己。"虎许之，随至其家。唤妇取猪喂虎，妇不舍曰："所有豆腐颇多，亦堪一饱。"夫曰："罢么，你看这样一个狠主客，可肯吃素的么？"

译文

有个人遇到饥饿的老虎，老虎要吃他。那人哀求老虎说："我家圈有肥猪，愿意用肥猪代替自己给你吃。"老虎答应了，跟随他到了家里。该人招呼妻子取肥猪喂老虎，妻子舍不得，说："家里的豆腐极多，也够老虎吃饱了。"丈夫说："算了吧，你看这样一个凶狠的来客，难道是肯于吃素的吗？"

淡　酒

原文

有人宴客用淡酒者，客向主人索刀。主问曰"要他何用？"曰："欲杀此壶。"又问："壶何可杀？"答曰："杀了他，解解水气。"

译文

有人请客吃饭，用很淡的酒招待。客人向主人借一把刀，主人问："要刀干什么？"客人说："用刀杀酒壶。"主人又问；"为啥要杀它？"客人说："杀了它，解解水汽。"

淡　水

原文

河鱼与海鱼攀亲，河鱼屡往，备扰海鱼。因语海鱼："亲家，何不到小去处下顾一顾？"海鱼许焉。河鱼归曰："海头太太至矣。"遣手下择深港迎之。海鱼甫至港口便返，河鱼追问其故，答曰："我吃不惯贵处这样淡水。"

译文

河里的鱼与海里的鱼结亲家，河鱼经常去打扰海鱼。因此对海鱼说："亲家，何不到我家去玩玩？"海鱼欣然同意。河鱼回家对妻子说："海里亲家母来了。"派手下选一深水处迎接。海鱼刚到港口边就返回去了，河鱼追问原因，海鱼答："我吃不惯你家这样的淡水。"

索　米

原文

一家请客，酒甚淡。客曰："肴馔只此足矣，倒是米求得一撮出来。"主曰："要他何用？"答曰："此酒想是不曾下得米，倒要放几颗。"

一家人请客，酒很淡。客人说："菜有这一些就行了，只是米要拿一点儿出来。"主人说："要米干什么？"客人答："我想这酒可能是没有放米，故此要放几颗在里面。"

精彩点拨

贪吝部讲了55则笑话。所谓贪吝即指人贪婪又吝啬。编者选取的这些笑话中，有开当铺的、有做菜的、有经商的、有放债的、有行善的、有种田的、有酿酒的等等，把贪婪、吝啬之人刻画得丑态百出，出尽洋相。

阅读积累

米　酒

米酒，是用糯米酿制的，也叫酒酿、甜酒。古时候叫"醴"。

中国是发明米酒最早的国家。最迟在公元前1000年左右，中国就发明了发酵酿酒的技术，这种先进的酿酒技术，主要在于使用曲来酿酒，人们在酿酒过程中发现要提高酒中的酒精浓度，只要在发酵过程中不断加进熟的并经过浸泡的谷物即可。这种方法酿出的酒中酒精浓度比普通啤酒至少高三倍。这在当时是世界上第一流的酿酒技术，它酿出了高浓度的饮料。这种技术在很久以后才流传到日本以及其他国家。

做米酒所需原料主要是江米，由此也称为江米酒。酒酿在北方一般称为"米酒"或"甜酒"，用蒸熟的江米（糯米）拌上酒醛（一种特殊的微生物酵母）发酵而成的一种甜米酒。其酿制工艺简单，口味香甜纯美，已成为农家日常饮用的饮料。

现代米酒多采用工厂化生产。据分析，米酒营养成分与黄酒相近，乙醇含量低。但可以为人体提供的热量比啤酒、葡萄酒都高出很多倍。米酒含有十多种氨基酸，其中有8种是人体不能合成而又必需的。每升米酒中颉氨酸的含量比葡萄酒和啤酒高出数倍，为世界上其他营养酒类中所罕见的，被人们称其为"液体蛋糕"。

卷九 谬误部

精彩导读

谬误部是《笑林广记》的第九部，讲了 24 则笑话，主要讲述生活中常见的有错不改、知错犯错、不晓事理、胡搅蛮缠等现象。语言滑稽可笑，用词简练生动。编者选取古代生活中这些荒谬的言行，进行无情的讽刺、挖苦，令人捧腹大笑，回味无穷。

读破句

庸师惯读破句，又念白字。一日训徒，教《大学·序》，念云："大学之，书古之，大学所以教人之。"主人知觉，怒而逐之。复被一荫官①延请入幕，官不识律令，每事询之馆师。一日，巡捕拿一盗钟者至，官问："何以治之？"师曰："夫子之道忠（音同盗钟），怒而已矣。"官遂释放。又一日，获一盗席者至，官又问，师曰："朝闻道夕（音同盗席），死可以。"官即将盗席者立毙杖下。适冥王私行，察访得实，即命鬼判拿来，痛骂曰："什么都不懂的畜生！你骗人馆谷②，误人子弟，其罪不小，谪往轮回去变猪狗。"师再三哀告曰："作猪狗固不敢辞，但猪要判生南方，狗乞做一母狗。"王问何故，答曰："《曲礼》云：临财母苟（音同狗）得，临难母苟（音同狗）免。"

① 荫官：封建时代凭借上代余荫取得官职的人。
② 馆谷：旧时指给幕友或塾师的酬金。

译文

有个不高明的教书先生常常断错句子，还经常念白字。有一天他教授徒弟，讲授

《大学·序》，他念道："大学之，书古之，大学所以教人之。"主人听出了错误，非常生气，把他赶了出去。后来这个教书先生又被一个世袭官员请去做幕僚，这个官员不懂律法，每件事情都要问这位先生。一天，巡抚抓到一个偷钟的人，官员就问："如何处置他？"这位先生说："夫子之道忠，怒而已矣。"官员于是释放了盗钟的人。又有一天，抓到了一个偷席子的人，官员又问那先生处置的方法，他就说："朝闻道夕，死可以。"官员立即下令将盗席的人杖刑打死了。正赶上冥王私访，知道了事情的实情，就命小鬼把教书先生抓来痛骂道："什么都不懂的畜生！你骗人钱财，误人子弟，罪过不小，罚你转世去变猪狗。"教书先生再三哀求道："做猪狗不敢推辞，只要求猪要判生南方，做狗乞求做一母狗。"冥王问为什么，他回答说："《曲礼》云：临财母狗得，临难毋狗免。"

两企慕

原文

山东人慕南方大桥，不辞远道来看。中途遇一苏州人，亦闻山东萝卜最大，前往观之。两人各诉企慕之意。苏人曰："既如此，弟只消备述与兄听，何必远道跋涉？"因言："去年六月初三，一人从桥上失足堕河，至今年六月初三，还未曾到水，你说高也不高？"山东人曰："多承指教。足下要看敝处萝卜，也不消去得。明年此时，自然长过你们苏州来了。"

译文

有个山东人羡慕南方大桥，不辞劳苦长途跋涉地到苏州去看。途中遇到一个苏州人，这个苏州人也因为听说山东的萝卜最大，所以正前往山东去看。两人各自述说了羡慕之意。苏州人说："既然如此，我就把南方大桥详细地讲述给你听，何必要长途跋涉？"于是就介绍道："去年六月初三有人从桥上掉了下去，到今年六月初三还没落入水中，你想这桥高不高？"山东人说："承蒙指教，山东的萝卜你也不需要去看了，明年的这个时候，自然会长到你们那边去了。"

未 冠

原文

童生有老而未冠者，试官问之，以"孤寒①无网"对。官曰："只你嘴上胡须剃下来，亦勾结网矣。"对曰："童生也想要如此，只是新冠是桩喜事，不好戴得白网巾。"

注 释

①孤寒：家世寒微，无可依靠。

译 文

有个童生年纪已很大了，但没戴帽子，考官问他为什么不戴帽子，老童生回答说："因为孤寒无网。"考官说："将你嘴上的胡须剃下来，就够结网了。"童声回答说："我也想要这样，只是戴新帽子是桩喜事，不好戴一顶白网巾。"

见皇帝

原 文

一人从京师回，自夸曾见皇帝。或问："皇帝门景如何？"答曰："四柱牌坊，金书'皇帝世家'。大门内匾，金书'天子第'。两边对联是：日月光天德，山河壮帝居。"又问："皇帝如何装束？"曰："头带玉纱帽，身穿金海青。"问者曰："明明说谎，穿了金子打的海青，如何拜揖？"其人曰："呸！你真是个冒失鬼，皇帝肯与哪个作揖的。"

译 文

有个人从京城回来，自我吹嘘说曾经见到了皇帝。有人问："皇帝住所前是什么样？"那人回答说："四柱牌坊，上写金字'皇帝世家'。大门内匾，金书'天子第'。两边对联是：'日月光天德，山河壮帝居。'"问话的人又问："皇帝穿些什么？"那人回答说："头戴玉纱帽，身穿金海青。"问话的人说："你显然是说谎，穿了金子做的长袍，怎么拜揖？"那人回答说："你真是个糊涂虫，皇帝肯和谁作揖。"

僭称呼

原 文

一家父子僮仆，专说大话，每每以朝廷名色称呼。一日友人来望，父出外，遇其长子，曰："父王驾出了。"问及令堂。次子又云："娘娘在后花园饮宴。"友见说话僭分①，含怒而去。途遇其父，乃述其子之言告之。父曰："是谁说的？"仆在后云："这

是太子与庶子说的。"其友愈恼，扭仆便打。其父忙劝曰："卿家弗恼，看寡人面上。"

注 释

①僭（jiàn）分：越分。

译 文

有户人家父子与僮仆专说大话，事事都用朝廷用语相称呼。一天朋友到家，正巧主人外出，遇到长子，长子说："父王驾出了。"客人问到家母，次子又说："娘娘在后花园饮宴。"朋友见他们说话超越身份，含怒离开。路上遇到主人，朋友叙述其子所说的话，主人问道："是谁说的？"仆人在后边接话道："这是太子与庶子说的。"朋友一听更加恼怒，扭住仆人便打。主人急忙劝道："卿家勿恼，看在寡人面上。"

看 镜

原 文

有出外生理者，妻要捎买梳子，嘱其带回。夫问其状，妻指新月示之。夫货毕，忽忆妻语，因看月轮正满，遂依样买了镜子一面带归。妻照之骂曰："梳子不买，如何反娶一妾回来？"两下争闹，母闻之往劝，忽见镜，照云："我儿有心费钱，如何讨恁个年老婆儿？"互相埋怨。遂至讦讼①。官差往拘之，差见镜，慌云："才得出牌，如何就出添差来捉违限？"及审，置镜于案。官照见大怒云："夫妻不和事，何必央请乡官来讲分！"

注 释

①讦（jié）讼：控告诉讼。

译 文

有个人出外经商，其妻让他买把梳子回来。丈夫问梳子是什么形状，妻子指着月牙说："和月亮形状一样。"丈夫卖完货物，突然想起妻子的话，便抬头看月亮，当时月亮

180

正圆，于是按照月亮的样子买了一面镜子带回来。妻子拿起镜子一看大骂道："梳子不买，为何反倒娶了一个小老婆？"夫妻争吵不休，母亲过来劝解，突然见到镜子，照后说："我儿有心花钱讨小老婆，为何讨个老太婆？"三人互相埋怨告到官府。当官的派衙役去捉拿到案，衙役见到镜子，惊慌说："才出来去捉人，为何又派人来捉我？"等到审案时，衙役把镜子放在案桌上，当官的照见大怒说："夫妻不和之事，何必请地方官来说情。"

高　才

原　文

一官偶有书义未解，问吏曰："此处有高才否？"吏误以为裁缝姓高也，应曰："有。"即唤进。官问曰："贫而无谄，如何？"答曰："裙而无裥[1]，折起来。"又问："富而无骄，如何？"答曰："裤若无腰，做上去。"官怒喝曰："咄！"裁缝曰："极是容易，小人有熨斗。取来烫烫。"

注　释

[1]裥（jiǎn）：衣服上的褶子。

译　文

有个官员偶然不明书中语义，向差役问道："这里有高才吗？"差役误认为官员要找高姓裁缝，便回答说："有。"随即差役领来了裁缝，官员问道："贫而无谄，怎么解？"裁缝回答说："裙无裥，折起来。"又问："富而不骄，怎么解？"回答说："裤若无腰，做上去。"官员听了十分恼怒，呵斥道："咄！"裁缝说："极是容易，若是皱了，小人有熨斗取来烫烫。"

不识货

原　文

有徽人开典而不识货者，一人以单皮鼓一面来当。喝云："皮锣一面，当银五分。"有以笙来当者，云："斑竹酒壶一把，当银三分。"有当笛者，云："丝绢火筒一根，当银二分。"后有持了事帕来当者，喝云："虎狸斑汗巾一条。当银二分。"小郎曰："这物要他何用？"答云："若不赎。留他抹抹嘴也好。"

译 文

有个安徽人开当铺，但不识货。有个人拿一面单皮鼓来当，老板喝道："皮锣一面，当银五分。"又有一个人拿笙来当，老板喊道："斑竹酒壶一把，当银三分。"有个人拿笛子来当，老板喊："丝绢火筒一根，当银二分。"后来一个人拿了一条合房用的手巾来当，老板喊道："虎狸斑汗巾一条，当银二分。"小伙计说："这东西要它干什么？"老板回答道："如不赎回，留下它抹抹嘴也好。"

外太公

原 文

有教小儿以"大"字者。次日写"太"字问之。儿仍曰："大字。"因教之曰："中多一点，乃太公的太字也。"明日写"犬"字问之，儿曰："太公的太字。"师曰："今番点在外，如何还是太字？"儿即应曰："这样说，便是外太公了。"

译 文

老师教学生认字，先教"大"字，第二天写一个"太"字相问，学生仍念"大"字。接着老师教学生说："大字里边多一点，是太公的'太'字。"又过了一天，老师写"犬"字相问，学生说："太公的'太'字。"老师说："现在点在外，怎么还是'太'字？"学生接口说："这样说，便是外太公了。"

出 丑

原 文

有屠牛者，过宰猪者之家。其子欲讳"宰猪"二字，回云："家尊出亥①去了。"屠牛者归，对子述之，称赞不已。子亦领悟。次日屠猪者至，其子亦回云："家父往外出丑②去了。"问："几时归？"答曰："出尽丑自然回来了。"

注 释

①出亥：意为杀猪。②出丑：意为杀牛。

译　文

宰牛人经过一宰猪人家，问主人在家吗？其儿子想要避讳宰猪二字，便回答说："父亲杀猪去了。"宰牛人回到家里，对儿子讲述宰猪人儿子所说的话，称赞不已。儿子领悟，第二天宰猪人来了，其儿子也回答说："家父往外出丑去了。"宰猪人问："什么时候回来？"儿子回答说："出尽丑自然就回来了。"

利　市

原　文

一人元旦出门云："头一日必得利市方妙。"遂于桌上写一"吉"字。不意连走数家，求一茶不得。将"吉"字倒看良久。曰："原来写了'口干'字，自然没得吃了。"再顺看曰："吾论来，竟该有十一家替我润口。"

译　文

有个人元旦出门说："头一天出门必得吉利才好。"于是在桌上写一个"吉"字。不想连走数家，连一杯茶水都没喝到。那人回到家里将"吉"字倒看了一会儿说："原来写了'口干'二字，自然没有吃的。"接着又顺着看说："论理，应该有'十一'家替我润口。"

掌　嘴

原　文

一乡人进城，偶与人竞，被打耳光子数下，赴县叫喊。官问："何事？"曰："小人被人打了许多乳广。"官不信。连问，只以乳广对。官大怒。呼皂隶掌嘴。方被掌，乡人遂以指示官，正是这个样子。

译　文

有个农夫进城，偶然与他人比赛，被人打了数个耳光子。农夫跑到县衙叫喊，县官问："什么事？"农夫说："我被人打了许多乳广。"县官不明白，连问数句，农夫只用"乳广"回答。县官大怒，呼差役打其嘴巴。刚被打，农夫急忙用手示意说："正是这个样子。"

乳 广

一乡人涉讼，官受其贿，临审复掌嘴数下。乡人不忿，作官话曰："老爷，你要人觜（言银子也）我就人觜。要铜圆（言铜钱也）就铜圆，要尾（言米也）就尾，为何临了来又歹我的乳广①？"

①乳广：同"耳光"。

有个农夫被牵连进官司，当官的接受了他的贿赂，到了审案时，又打了他数下嘴巴。农夫不愤，学作官话说："老爷，你要人觜（银子）我就给你人觜；要铜圆（铜钱）就给你铜圆；要尾（米）就给你尾，为什么要审案时又打我的乳广？"

寿 气

一老翁寿诞，亲友醵分，设宴公祝。正行令，各人要带说"寿"字。而壶中酒忽竭，主人大怒。客曰："为何动寿气（器）？"一客云："欠检点，该罚。"少顷，又一人唱寿曲。傍一人曰："合差了寿板。"合席皆曰："一发该罚。"

有个老头过生日，亲友凑钱设宴为其祝贺，宴席中行酒令，每人行酒令都要带"寿"字。壶中酒突然干了，主人大怒。客人说："为何动寿气（器）？"另一个客人说："欠检点，该罚。"不一会儿，又一人唱寿曲，旁边一人说："合差了寿板。"客人们都说："更加该罚。"

不知令

饮酒行令，座客有茫然者。一友戏曰："不知令，无以为君子也。"其人诘曰："不知命，为何改作令字？"答曰："《中庸》注云：'命犹令也。'"

译 文

众人饮酒行令，其中有个人茫然不知所措。一位朋友开玩笑说："不晓得行令，不能算是君子。"那人反问道："不知命中的'命'字为何改作'令'字？"朋友回答说："《中庸》注说：'命犹如令。'"

十恶不赦

原 文

乡人夤缘进学，与父兄叔伯暑天同走，惟新生撑伞。人问何故，答曰："入学不晒（十恶不赦）[1]。"

注 释

[1] "入学不晒"和"十恶不赦"古音相同，音同而义不通。

译 文

有个人靠攀附钻营而进学成为秀才，和父兄叔伯在大热天一同走路，只有他打着伞。有人见此问是什么缘故，回答说："新生入学不晒（十恶不赦）。"

卖 糖

原 文

一糖担歇在人家门首敲锣，妇喝曰："快请出去，只管在此敹[1]甚么？敹出个小的儿来，又要害我淘气[2]。"

注 释

①鎓（tāng）：方言记音字，即"嘡"，为敲锣的声音。
②淘气：怄气，受气。

译 文

有个挑糖担的人在一户人家门口敲锣叫卖，该家妇女喊道："快请离开，只管待在这里嚷什么？嚷出个小儿来，又要害我怄气。"

日 饼

原 文

中秋出卖月饼。招牌上错写"日饼"。一人指曰："月字写成白字了。"其人曰："我倒信你骗，白字还有一撇哩。"

译 文

有个人中秋节出卖月饼，招牌上错写成"日饼"。一个人指出："月字写成白字了。"卖月饼的人说："我难道会相信你的欺骗吗？'白'字还有一撇哩。"

说大话

原 文

主人谓仆曰："汝出外，须说几句大话，装我体面。"仆领之。值有言"三清殿大"者，仆曰："只与我家租房一般。"有言"龙衣船大"者，曰："只与我家帐船一般。"有言"牯牛①腹大"者，曰："只与我家主人肚皮一般。"

注 释

①牯牛：阉割过的公牛。多泛指牛。

译 文

主人对仆人说："你出外须说几句大话，替我装出一些体面。"仆人答应了。正赶上有人说"三清殿大"的，仆人说："只跟我家的房子一样大。"有人说"龙衣船大"的，仆人说："只跟我家的小船一样大。"有人说"牯牛肚子大"的，仆人说："只和我家主人肚皮一样大。"

挣大口

原 文

两人好为大言，一人说："敝乡有一大人，头顶天脚踏地。"一人曰："敝乡有一人更大，上嘴唇触天，下嘴唇着地。"其人问曰："他身子藏哪里？"答曰："我只见他挣得一张大口。"

译 文

有两个人好说大话，甲说："我们那有个很大的人，头顶天脚踏地。"乙说："我们那有个人长得更大，上嘴唇触天，下嘴唇着地。"甲问道："他的身子藏在哪里？"乙回答说："我只看见他长了一张大嘴。"

天 话

原 文

一人说："昨日某处，天上跌下一个人来，长十丈，大二丈。"或问之曰："亦能说话否？"答曰："也讲几句。"曰："讲甚么话？"曰："讲天话。"

译 文

一个人说："昨天从天上掉下一个人来，高十丈，宽二丈。"有人问他说："也能说话吗？"回答说："也讲几句话。"又问："讲什么话？"回答说："讲天话。"

谎　鼓

一说谎者曰："敝处某寺中有一鼓，大几十围，声闻百里。"傍又一人曰："敝地有一牛，头在江南，尾在江北，足重有万余斤。岂不是奇事？"众人不信。其人曰："若没有这头大牛，如何得这张大皮，幪得这面大鼓？"

译　文

有个说谎的对人说："我们那儿某某寺庙里有一鼓，几十人才能围过来，声闻百里。"旁边又一个人说："我们那儿有一头牛，头在江南，尾在江北，脚重一万多斤，难道不是稀奇之事？"众人不相信。那人说："如果没有这样大的牛，就不会得到那样大的牛皮，那么用什么去蒙那张大鼓！"

大浴盆

原　文

好说谎者对人曰："敝处某寺有一脚盆，可使千万人同浴。"闻者不信。傍一人曰："此是常事，何足为奇？敝地一新闻。说来才觉诧异。"人问："何事？"曰："某寺有一竹林，不及三年，遂长有几百万丈。如今顶着天长不上去，又从天上长下来。岂不是奇事？"众人皆谓诳言。其人曰："若没有这等长竹，叫他把甚么篾子，箍他那只大脚盆？"

译　文

有个好说谎的对人说："我们那儿某某寺院有个大浴盆，可供几千人一同洗浴。"听者不相信。旁边一人说："此是常事，何足为奇？我们那儿有一个新闻说起来才觉得诧异。"人们问："什么新闻？"那人说："某某寺院有一竹林，不到三年的时间，就长到几百万丈。如今顶着天长不上去，又从天上长下来。难道不是奇事？"众人都认为他的话是欺骗之言。那人说："如果没有那样的长竹，叫他用什么竹篾子去箍他那只大浴盆？"

误　听

　　一人过桥，贴边而走。旁人谓曰："看仔细，不要踏了空。"其人误听说他偷了葱，因而大怒，争辩不已，复转诉一人。其人曰："你们又来好笑，你我素不相识，怎么冤我盗了钟？"互相撕打。三人扭结到官。官问三人情事，拍案怒曰："朝廷设立衙门，叫我南面坐，尔等反叫我朝了东！"掣签就打。官民争闹。惊动后堂。适奶奶在屏后窃听。闻之柳眉①倒竖，抢出堂来，拍案吵闹曰："我不曾干下歹事。为何通同众百姓要我嫁老公！"

注　释

　　①柳眉：形容女子细长秀美之眉。

译　文

　　有个人过桥，贴边而走。旁边一人对那人说："看仔细，不要踏了空。"那人误听为说他偷了葱，因而大怒，争吵不休，二人转述另一人。其人说："你们实在好笑，我和你们素不相识，为何冤枉我盗了钟？"三人互相撕打，扭打到官府。当官的听了三人扭打的缘由，拍案咆哮道："朝廷设立衙门，叫我南面坐，你们反说我朝了东。"随即操起竹板就打。官民争辩吵闹，惊动后堂。正好官妇人在屏幕后边窃听，听后柳眉倒竖，闯出堂来，拍案吵闹道："我不曾做了坏事，为什么通城百姓要我嫁老公！"

精彩点拨

　　谬误部讲了24则笑话，所谓谬误即指错误、差错，只是相对于真理而言的。这些笑话中有谎称见过皇帝的人、有说大话的人、有开当铺的、有经商的、有屠户、有打架的、有逛风景的等等。这些笑话，从总体上来说，紧扣社会脉动，对种种悖谬言行进行冷嘲热讽，读者看来既能取得乐趣，也能深思寓理。

阅读积累

松江

　　松江，即指上海市松江区，位于上海市西南部，历史文化悠久，有着"上海之根"之美誉。位于黄浦江上游，东与闵行区、奉贤区为邻，南、西南与金山区交界，西、北与青浦区接壤；区境南北长约24千米，东西宽约25千米，总面积605.64平方千米。

　　松江区主要河流有流贯南境的黄浦江，以及淀浦河、泗泾塘等。特产有"四鳃鲈鱼"等。工业以机械、轻纺、冶金、化工、电子、食品等行业为重点。是国家商品粮基地和上海市副食品基地之一。沪杭铁路、沪昆高速公路、沈海高速公路、沪渝高速公路、同三国道等干线过境。古建筑有全国重点文物保护单位唐代陀罗尼经幢、宋代兴圣教寺塔（俗称方塔）、始建于1899年的佘山天文台、广富林遗址等。